글·사진 지은

취향껏

살고 있습니다

나만의 취향으로 가꾸는
작은 공간

상상출판

낯선 골목을 걷다가 우연히 작은 카페를 발견했
다. '이런 곳에 카페가 있다니!'라는 말이 저절로 나오는, 애
매한 위치에 있는 카페이다. 큰 간판은 없다. 문 옆에 자세
히 보아야 보일 정도로 작은 나무 간판이 붙어 있다. 가게 앞
에 놓인 투박한 화분에는 푸른색 수국이 피어 있다. 빈티지
한 느낌의 나무 문을 열고 들어가자 잔잔한 음악이 들려온
다. 파니욜로(Paniyolo)의 연주곡이다. 커피를 내리던 주인
이 나를 보고 조용히 인사를 건넨다. 가벼운 인사를 나누고
설레는 마음으로 내부를 둘러본다.

짙은 색감의 4인용 원목 테이블이 띄엄띄엄 놓여 있고 자
리에 앉아 있는 손님들은 조용히 책을 읽고 있다. 수형이 예
쁜 휘커스 움베르타, 황칠나무, 구아바나무, 나비란, 팔손이,
파키라가 곳곳에 배치되어 있어서 싱그러운 느낌을 더한다.

주방 가까이에 놓인 원목 수납장에는 CD와 책이 빼곡히 꽂혀 있다. 그 주변 벽에 주인의 취향이 묻어나는 크고 작은 엽서가 붙어 있다. 들어오길 잘했다고 생각하며 노란 햇빛이 비스듬히 드는 창가에 자리를 잡는다. 테이블 위에 놓인 작은 유리 화병에는 네잎클로버 하나가 무심히 꽂혀 있다. 시그니처 음료를 주문하고, 기다리는 동안 읽을 책을 고르러 수납장 앞으로 간다. 얇은 시집과 고양이 사진이 가득 담긴 에세이를 골라 자리로 돌아온다. 책장을 넘기며 고요하고 편안한 시간을 보낸다.

이 카페는 내가 방금 만들어 낸 상상 속 카페이다. 지금껏 내가 경험한 카페를 모두 떠올려 보며 좋았던 부분만 쏙쏙 뽑아 짜깁기했다. 작은 간판, 잔잔한 음악, 초록 식물, 원목 테이블까지. 내 취향이 반영된 카페를 상상하는 것만으로도 미소가 지어진다. 나는 내 취향을 알기에 사람들이 북적북적한 핫플레이스에 가지 않는다. 인더스트리얼 감성의 넓은 카페에도 가지 않는다. 취향을 갖는다는 기쁨은 여기에 있다. 갈림길에 섰을 때 나를 행복하게 만들어 줄 선택을 할 수 있다는 것. 내가 상상 속에서 편안한 시간을 가질 수 있었던 건, 나에게 취향이라는 나침반이 있었기 때문이다.

잠깐 과거로 돌아가 볼까. 나는 오랜 시간 스스로를 물 같은 사람이라고 생각했다. 무색무취의 사람이라고, 뚜렷한 모양이 없어서 어떤 그릇에 담느냐에 따라 모습이 변하는 사람이라고 생각했다. 그러니 '취향'이라는 단어 앞에만 서면 작아졌다. 나도 좋아하는 게 있었지만, 어쩐지 드러내기 부끄러웠다. 근사한 무언가를 가진 사람만 취향을 말할 수 있다고 생각했다.

이런 나에게도 나만의 공간을 가지고 싶다는 꿈이 있었다. 어릴 때부터 미래에 살고 싶은 집의 모습을 상상하며 시간을 보내곤 했다. 시간이 흘러 전셋집을 얻었고, 꿈을 현실로 만들기 위해 공간을 꾸몄을 뿐인데, 공간을 완성했을 무렵에는 스스로의 취향을 아는 사람이 되었다. 단순히 인테리어를 해봐서 알게 되었다는 말이 아니다. 유행을 좇아 집을 꾸몄다면 나 자신을 파악하기까지 더 긴 시간이 필요했을 것이다. 내가 행복할 수 있는 공간을 꾸리겠다는 마음으로, 나와 대화하는 시간을 가지며, 다양한 선택을 해 본 덕분에 내가 무엇을 좋아하는지 찾을 수 있게 되었다.

이제 나는 취향을 거창하게 생각하지 않는다. 나를 웃음 짓게 하는 모든 것이 나의 취향이다. 과거의 나처럼 취향을 어렵게 생각하는 사람이 있다면, 당신에게도 이미 취향이 있다고 말해 주고 싶다. 오늘 맛있게 먹은 음식, 힘들 때마다 듣는 음악, 내 마음을 편안하게 해 주는 장소. 그 모든 게 취향이다. 그래도 아직 모르겠다면, 나처럼 방을 가꾸는 것에

서부터 시작해 봐도 좋다. 가구를 배치하고, 소품으로 장식하고, 조명을 고르는 과정에서 스스로에게 질문을 던지게 될 테니까. 자신과 대화하며 좋아하는 것들을 하나씩 찾아 나가는 건 어떨까. 부디 나의 이야기가 작은 응원이 될 수 있기를 바란다.

이 책을 쓰기 시작했을 무렵에는 자주 취향이라는 단어에 걸려 넘어졌다. 내가 취향껏 살고 있는 사람인지 확신이 서지 않았다. 하지만 이제는 좋아하는 곳에 살며, 머무는 공간을 가꾸고 있는 내가 취향껏 살고 있는 사람이라고 확신한다. 이 사실을 깨닫게 된 일이 나의 이야기를 글로 옮기며 얻은 가장 큰 기쁨이다. 이제는 나의 소박한 취향을 반짝이는 눈으로 이야기하고 싶다.

24년 가을의 입구에서

지은

차
례

2

나와 닮은
공간에서

좋아하는 곳에
뿌리내리는 기쁨

4

마음이
가리키는 대로 살기

1

취향껏 가꾸는

소
박
한 삶

——— 취향을
　　　찾는 중입니다

"넌 어떤 색깔을 제일 좋아해?"

초등학교 새 학기, 이제 막 친해진 친구가 내게 물었다. 그 질문을 받기 전까지 좋아하는 색깔을 구체적으로 생각해 본 적이 없었다. 당황스러웠지만 태연한 척하며 하늘색을 좋아한다고 둘러댔다. 그날 집에 가는 내내 부끄러웠다. 나는 어떤 색깔을 좋아하는 걸까? 고민 끝에 강렬한 빨간색을 좋아하기로 결심했다. 그리고 이내 내가 가진 물건들을 하나씩 빨간색으로 바꿔 나갔다. 그건 교실에서 존재감 없던 애의 몸부림이었다. 친구들이 빨간색을 볼 때만이라도 나를 떠올려 주길 바랐으니까. 평범한 나에게 색깔을 입히는 방법으로 콩알만 한 존재감을 얻었지만, 이런 취향은 그 시절 키가 자라는 속도만큼이나 빠르게 잊혀 갔다. 빨간색을 좋아하기로 결심한 거지, 진짜 좋아한 게 아니었기에 금세 질려 버렸다.

고등학생 때는 급식 당번이 되어 김치를 배식한 적이 있다. 별생각 없이 김치를 적당량 집어 나눠 주는데 한 친구가 이파리 부분은 빼고 달라고 말했다. 그때도 태연한 척했지만 조금 충격이었다. 그 흔한 김치에도 자기 취향이 있고 그걸 타인에게 스스럼없이 표현할 수 있다는 게 나와 달랐으니까. 생각해 보니 나 역시 김치 이파리 부분을 그리 좋아하지 않았다. 그저 주는 대로 먹는 게 익숙해서 눈치채지 못했을 뿐. 그때까지 취향을 가질 만큼 많은 선택을 해 본 적도 없고, 나의 선택을 존중해 주는 환경에서 자란 것도 아니었으니 어쩌면 당연한 일이었다.

배스킨라빈스에서 아르바이트할 때는 한 아이가 "'엄마는 외계인' 싱글레귤러 컵에 주세요. 초코볼 많이요!"라고 말하는 것을 보며 기껏해야 초콜릿, 딸기, 바닐라 맛 아이스크림밖에 몰랐던 내 어린 시절이 떠올랐다. 나는 31가지의 선택지가 주어져도 무난한 딸기 맛 아이스크림을 고를 애였다. 그게 아니면 발음하기 쉬운 걸로 아무 아이스크림이나 골랐다가 맛없다고 생각하며 꾸역꾸역 먹었겠지. 맛이 보장된 딸기 맛 아이스크림이나 먹을 걸 후회하며.

이러한 어린 시절을 보낸 나는 취향을 찾기까지 지난한 과정을 겪었다. 유행을 따라 옷을 샀다가 몇 번 입지 못했고, 예뻐 보이는 물건을 샀다가 질려 버리는 일을 반복했다. 취향이라는 게 하루아침에 생길 리는 없으니 당연히 겪어야 하는 과정이었다.

내 취향이 확고해진 건 자취방을 가꿨던 경험 덕분이다. 내가 행복해질 수 있는 공간을 꾸리기 위해서는 어떤 색깔을 좋아하는지, 어떤 질감을 선호하는지, 어떤 공간에서 살고 싶은지 스스로에게 물어야 했다. 그건 곧 내가 누구인지 묻는 것과 같았다. 나와 대화하는 시간을 갖다 보니 잘 몰랐던, 혹은 언어로 표현하지 못했던 취향들을 하나씩 발견하게 되었다. '나는 따뜻하고 포근한 집을 원하는구나', '군더더기 없

는 단순한 디자인을 좋아하는구나', '원목 가구를 좋아하는구나' 하고 하나씩 깨닫는 재미가 있었다. 취향이 반영된 공간에 머물고 있으면 꼭 내 마음속에 들어와 있는 것처럼 평온했다.

내가 살 집을 꾸며 본 이후로는 어떤 경험을 하든 좋으면 왜 좋은지, 싫으면 왜 싫은지 흘려보내지 않고 생각하는 시간을 갖게 되었다. 더 나아가 내가 좋아하는 것들의 공통점을 찾아보거나 순위를 매겨 보기도 한다. 지금의 나는 예전보다 조금 더 구체적으로 내가 좋아하는 것들이 무엇인지 알고 있다.

그 해의 첫 수박을 한 입 베어 물 때 느껴지는 달콤함, 불어오는 바람에 묻어 있는 초여름의 냄새, 고양이의 얼굴에 내 볼을 비빌 때 따뜻하고 간지러운 기분, 비 오는 날 숲을 걸을 때 내려앉는 차분함, 침구를 교체하고 누웠을 때 살에 닿는 뽀송함, 창문을 열었을 때 풍기는 짙은 귤꽃 향기 같은 것들. 내가 언제 기쁨을 느끼는지 알기에 비슷한 순간을 찾아 자주 그곳에 가서 앉아 있는다.

반대로 힘든 날 나를 달래 줄 장치들도 설치해 둘 수 있다. 우울하면 따뜻한 물에 샤워하기, 긴장되면 집 앞 공원 걷기, 답답하면 복식 호흡하기, 짜증 나면 글을 쓰며 풀어 버리기, 지루하면 신나는 음악에 맞춰 춤추기 같은 것들.

나의 취향은 더 확고해질 수도, 변할 수도 있을 것이다. 취향은 영원불변한 게 아니니까. 그렇지만 스스로를 들여다보려는 자세를 갖게 되었으니 그때그때 나를 행복하게 해 줄 취향을 또 찾아 나갈 것이다. 어쩌면 취향은 나를 알아 가려고 노력한 시간이 만들어 준 선물 같다. 나의 경험을 모아 만든 하나의 작은 세계 같기도 하다. 나는 그곳에 있을 때 안온하다.

한때는 멋진 취향을 가진 이들이 부러웠다. '취향'이라는 공간을 열었을 때 빛나는 것들이 와르르 쏟아졌으면 했다. 멋져 보이는 걸 따라 하며 도움을 받기도 했지만 계속 타인의 멋진 취향만 따라가는 건 무용한 일이었다. 멋져 보이는 데 치중하면 진짜 내가 좋아하는 것을 알기 어렵고, 가장 중요한 나의 즐거움이 사라지기 때문이다. 지금의 나는 남들과 비슷하다는 데서 오는 안정감을 얻기보다 나만의 것이 있다는 작은 기쁨을 누리는 게 더 즐겁다. 누가 알아줄 만한 멋진 취향이 아니어도 상관없지 않을까? 그저 나만의 취향으로 인해 내 일상이 조금 더 재밌어지길, 단단해지길 바랄 뿐이다. 그런 마음으로 오늘도 나를 들여다보고 좋아하는 것들을 마음껏 좋아해 본다.

—— 작고 재미나고
소박한 삶

직장인 시절, 주말이면 침대에 붙박이장처럼 붙어서 EBS 〈한국기행〉을 봤다. 그 프로그램에는 자신만의 철학을 가지고 자연 속에서 사는 사람들이 자주 등장했다. 흙을 밟으며 소박하게 사는 모습은 나의 상처를 치료해 주는 약이자 반창고였다. 그들의 모습을 보면서 주중에 도시에서 받았던 상처를 치유했다.

특히 좋아한 건 그들의 식사 시간이었다. 출연자 대부분이 자기 몸으로 일해서 얻은 식재료로 요리하고, 사랑하는 사람들과 둘러앉아 웃으며 밥을 먹었다. 그 사람들의 실제 생활이 어떤지는 알 수 없어도 그 소담한 밥상만은 부러웠다. 그 밥상이 나에게 '행복은 이렇게 가까이에 있는 것'이라고 말을 걸어오는 것 같았다.

나는 세상이 말하는 성공에 큰 관심이 없었다. 내 미래를 떠올리면 자연 가까이에 살고, 좋아하는 일을 하며, 소박하게 사는 모습이 그려졌다. 그러나 현실의 나는 미처 다 말리지도 못한 머리카락을 휘날리며 출근 버스에 몸을 싣기 바빴다. 퇴근길에는 버스 창가에 기대 생각에 잠겼다.

'이건 내가 바라는 삶이 아니야.'

드라마 〈나의 해방일지〉에서 그리듯, 서울에 직장을 둔 경기도민은 출퇴근 자체가 고난이다. 오후 7시 정각에 퇴근해도 집에 오면 9시가 넘기 일쑤였다. 회사에 있을 때는 멈춰 있는 것만 같던 시간이 퇴근 후에는 왜 그렇게 빨리 흘러가던지. 씻고 밥 먹고 침대에 누워 휴대폰 화면을 넘기다 보면 자야 할 때가 되었다.

그때마다 내가 느낀 감정은 억울함이었다. 나만의 시간을 얼마 보내지도 못하고 잠든다는 게 억울해서 잠을 청할 수가 없었다. 오기를 부리며 매일 늦게까지 시답잖은 일로 시간을 보내다 잠들었고, 아침이면 피곤해서 오늘은 진짜 진짜 일찍 잘 거라고 울먹이며 다짐했다.

가장 힘들었던 건 점점 흐려지는 내 모습을 마주하는 일이었다. 눈에 띄지 않는 옷을 입고 일하다 집에 돌아오길 반복하는 내가 조금도 멋있지 않았다. 일을 할수록 성취감이 아닌 자괴감이 쌓였다. 자기 일에 불평하는 사람은 되고 싶지 않았는데, 어느새 내가 그런 사람이 되어 있었다.

하루는 출근하다가 길 건너편에 햇살을 받아 반짝이는 은행나무를 보게 되었다. 계절이 오는지 가는지도 모르고 살다 보니 은행나무가 노랗게 물든 줄도 모르고 있었다. 버스 정류장으로 달려가며 문득 그런 생각을 했다. 아무 생각 없이 은행나무 옆에 앉아 볕을 쬐고 싶다고. 동네를 걸으며 계절의 변화를 느끼고 싶다고.

퇴근길에는 집 앞 오르막길을 오르며 나에게 하루가 온전히 주어지는 상상을 했다. 상상 속에서 나는 여유롭게 머리

를 감고, 동네를 산책하며 계절이 변하는 것을 느끼고, 저녁을 요리해 6시에 먹었다. 그렇게 살고 싶었다. 결국 나는 내 삶의 답이 회사 안에 없다는 걸 깨닫고 퇴사하기로 했다.

퇴사 후의 특별한 계획은 없었다. 당시 자취방을 구해 막 이사한 상태여서 그 집을 정리해야겠다는 생각뿐이었다. 내가 무모할 수 있던 건 모아 둔 돈과 퇴직금이라는 믿는 구석이 있었기 때문이다. 아껴 쓴다면 당분간은 일하지 않아도 될 정도였으니 괜찮았다. 쉬면서 내가 정말 하고 싶은 일이 무엇인지 찾아보기로 했다. 퇴사하던 날, 회사 건물에서 빠져나오자마자 정장 차림에 구두를 신은 수많은 사람이 내 옆을 스쳐 지나갔고, 나는 그렇게 살 수 없는 인간이라는 걸 다시 한번 확인했다.

퇴사한 다음 날부터 알람을 맞추지 않았다. 아침에 일어나 느긋하게 머리를 감고 마트에서 사 온 제철 식재료로 밥을 만들어 먹었다. 식사 후에는 소파에 누워 따사로운 햇볕을 쬐곤 했다. 어느 틈엔가 내 배에 자리 잡은 나의 어린 고양이와 함께 노곤함을 즐기다 보면 행복이 눈앞에서 반짝이는 기분이었다. 행복이란 게 원래 이렇게 눈에 선명히 보이는 거였나? 나는 지금이 내 인생에 가장 행복한 순간임을 직감할 수 있었다.

우리는 모두 첫 번째이자 마지막인 인생을 사는 것이고 삶에 정해진 정답 같은 건 없다고 생각한다. 그러니 후회하더라도 내가 원하는 대로 살고 싶었다. 적어도 남들 말에 휩쓸려 살지는 말자고 다짐했다. 장기하도 노래하지 않았는가. '그대의 머리 위로 뛰어다니는 것처럼 보이는 사람도 너처럼 아무것도 몰라!'(장기하와 얼굴들, 〈그건 니 생각이고〉) 지금껏 내가 살고 싶은 방향으로 걸어왔으니 누군가의 멱살을 잡고 내 인생을 돌려 내라 말할 일은 없을 것이다. 그것만으로도 잘 살고 있다고 믿는다. 삶을 대하는 현명한 태도는 아마도 나답게 사는 쪽에 가까울 것이니까. 앞으로도 가지 못한 길을 아쉬워하는 대신 지금 내 삶에 충실하고 싶다.

재미 삼아 정원을 가꾸는 사람은 고작 몇 달밖에 안 되는 따뜻한 기간에 많은 것을 관찰할 수 있다. 원한다면, 혹은 누군가 정원을 가꾸어 달라고 요청한다면 온통 즐거운 것만 보게 된다. 생산하고 자신의 형태를 만들어 가는 가운데 넘쳐 나는 자연의 힘, 다양한 형상과 색채로 드러나는 자연의 유희와 상상력, 여러 면에서 인간적인 여운을 주는 작고 재미나고 소박한 삶.*

★ 헤르만 헤세, 《헤르만 헤세의 정원 일의 즐거움》, 두행숙 역, 이레, 2001년, p.15

헤르만 헤세가 따뜻한 기간에 정원에서 볼 수 있는 즐거움 중 하나로 언급한 '여러 면에서 인간적인 여운을 주는 작고 재미나고 소박한 삶'. 이 문장 속에 내가 바라는 삶의 모습이 담겨 있다.

나는 내가 감당할 수 있는 작은 집에서 되도록 필요한 물건만 지니고 살고 싶다. 자연 속을 산책하고, 사랑하는 사람들과 웃으며 밥을 먹고, 마음에 걸리는 일 없이 잠자리에 들고 싶다. 그런 삶이라면 나에게는 분명 재밌을 것이다. 아직 그런 삶에 미치기엔 욕심이 많지만, 꿈꾸는 건 자유니까 언제나 '작고 재미나고 소박한 삶'을 꿈꾼다.

─── 자연이
좋아서

나를 평가하려는 듯한 사람들 사이에서 피로한 날이 있다. 가면을 쓴 채 내가 아닌 다른 누군가를 연기한 날도 있다. 그럴 때마다 갑갑한 마음을 부여잡고 진짜 내 모습으로 존재하고 싶다고 생각했다. 주로 녹초가 된 채 올라탄 퇴근길 버스 안에서였다. 옆자리에 다리를 쩍 벌리고 앉은 사람과 닿지 않으려고 몸을 웅크린 채로, 창에 기대 아름다운 한강의 야경을 바라보며, 내가 지금 뭘 하고 있는 걸까 스스로에게 물었다. 그런 질문에는 대체로 답이 나오지 않았기에 고개를 흔들어 생각을 지웠다. 그리고 제주의 숲을 떠올렸다. 동박새와 휘파람새가 우는 소리를 듣고, 나뭇잎 사이 볕뉘를 바라보고, 잔잔한 바람을 맞으며 느긋하게 걸었다. 평정심이 돌아오길 기다리며. 위로가 되는 곳이 있다는 건 좋은 일이라고 생각하며.

　　언제부터 자연에서 위로받았는지 돌이켜 보면 6월 초여름, 제주에서 보낸 하루가 떠오른다. 그날은 새벽부터 비가 주룩주룩 내렸다. 휴가를 내고 여행을 떠난 나는 게스트하우스 침대에 누워 빗소리를 들으며 늦잠을 잤다. 오랜만에 꿀 같은 단잠이었다. 일어나서도 느긋하게 머리를 감고 옷을 챙겨 입었다. 늦장을 부린 이유는 그날의 계획이 용눈이오름에 가는 것 하나뿐이었기 때문이다. 제주에서 '찰나간의 황홀'을 담고자 했던 김영갑 사진작가를 좋아했던 터라 그가 아름답다고 했던 용눈이오름에 한번 가 보고 싶었다. 가다가 길을 잃지만 않았어도, 그 길의 풍경이 아름답지만 않았어도 내 인생 첫 오름은 계획대로 용눈이오름이 되었을 것이다.

그날 잘못 든 길에는 눈이 시원해지는 풍경이 있었다. 시야에 거슬리는 것 하나 없이 밭담으로 구획이 나뉜 밭들만 옹기종기 모여 있던 곳. 바람이 불 때마다 초록색 풀들이 차례로 누우며 물결처럼 너울거리는 모습에 홀려 버렸다. 돌아가야 한다는 것도 잊은 채 조금 더 가다 보니 다랑쉬오름과 아끈다랑쉬오름이 마주 보고 있는 주차장에 닿았다.

이럴 때 나는 계획을 고수하기보다 직감을 믿는 편이다. 이곳에 조금 더 머물러도 좋겠다는 직감으로 두 개의 오름 중 하나에 올라 보기로 했다. 다랑쉬오름은 오름의 여왕이라 불릴 만큼 멋지다지만 한눈에 보기에도 꽤 높았다. 아끈다랑쉬오름의 '아끈'은 제주말로 작다는 뜻이었고, 작은 다랑쉬라는 이름에 걸맞은 높이였다. 10분이면 충분히 오를 수 있을 것 같았다. 고민할 것도 없이 아끈다랑쉬오름으로 향했다. 우비를 입고 있었지만 비는 어느새 그쳤다.

아끈다랑쉬오름은 길이 험했지만 생각했던 것처럼 금세 정상에 닿을 수 있었다. 숨을 고르고 둘러보니 풀과 억새로 가득한 둥근 오름이 한눈에 들어왔다. 오름 가운데는 분화구가 움푹 파여 있고 그 주위로 걸을 수 있는 둘레길이 있었다.

나중에 알게 된 사실이지만 이곳은 가을 억새 명소였다. 가을이 아니어서인지, 비 온 뒤여서인지 오름에는 아무도 없고 바람 소리만 가득했다.

이곳을 보자마자 '여름'과 '비' 하면 생각나는 영화인 〈지금 만나러 갑니다〉의 OST 〈시간을 넘어서〉가 떠올랐다. 음악을 들으며 천천히 걸었다. 몽환적인 날씨 때문이었을까. 걸음을 내디딜 때마다 꿈속에 있는 것 같았다. 사방이 트여 있고 발밑은 온통 초록색. 고개를 들어 먼 곳을 보면 흐리게 바다가 보였다. 순간 내가 서 있는 곳이 세상의 중심처럼 느껴졌다. 나도 모르게 그 자리에 서서 팔을 양옆으로 뻗고 빙빙 돌며 바람을 느꼈다. 사방에서 부는 바람에 머리카락이 마구 헝클어졌지만 싫기는커녕 마음속 분노나 불안의 찌꺼기들까지 싹 다 날아가는 듯 시원했다.

구름에 가려진 해가 드러날 때마다 어두웠던 자리에 빛이 들었고 바람이 불 때마다 풀들이 춤을 췄다. 같은 풍경이 시시각각 옷을 갈아입는 걸 보고 있자니 김영갑 사진작가가 제주의 중산간을 뛰어다니며, 때론 오랜 시간 한자리에서 기다려 가며 어떤 사진을 찍으려고 했는지 알 것 같았다. 단순히 아름다운 장면을 담으려던 것만이 아니다. 자연이 빚은 신비롭고 황홀한 찰나를 담으려고 했다는 걸 느낄 수 있었다. 그동안 머리로만 이해했던 '삽시간의 황홀'이 어떤 것인지 어렴풋이 알 수 있었다.

처음 간 오름이 하필 길을 잃어 만난 아끈다랑쉬오름이라서, 내가 좋아하는 초여름이라서, 비 온 뒤 몽환적인 분위기가 어우러져서, 바람이 사방에서 불어와서, 아무도 없는 곳에서 온전히 나다울 수 있어서, 날씨와 잘 어울리는 음악과 함께여서. 수많은 이유가 지금 이 순간이 완벽하다고 말해주고 있었다. 그날 이후 지금까지도 제주의 바람을 좋아한다. 바람이 사방에서 불어와 머리카락이 엉킬 때면 세상의 중심에 서 있는 듯했던 그때가 생각난다. 그 바람이 주는 위로가 좋아 제주에 살게 되었다고 해도 과언이 아니다.

이후로 제주에 머물 때면 대부분의 시간을 오름이나 숲을 걷는 데 썼다. 오랜 시간에 걸쳐 만들어진 숲에 돌과 풀과 나무가 어우러지는 풍경은 조화라는 단어를 눈으로 확인하게 했다. 짙은 안개가 깔린 우중의 숲을 걸으면 태초의 세상이 이런 모습이었을까 상상해 보게 되었다. 어쩌다 숲에서 노루를 만나 눈이라도 마주치면 모든 장면이 느리게 재생되며 현실감이 사라졌다. 제주의 숲처럼 재미있는 곳이 없었다. 숲에 있으면 자연의 일부가 된, 아주 작은 내 모습을 만날 수 있어 좋았다.

내게 자연은 오롯이 자기 자신으로 존재하는 멋진 어른과도 같다. 누굴 가르치려 들지 않지만 자신의 모습을 통해 깨달음을 주는 어른, 그 커다란 존재만으로도 위로가 되는 어

른, 할 일을 묵묵히 그리고 반드시 해내는 어른이었다. 멋진 어른의 품 안에서 나는 잠시 어린아이가 되어도 괜찮았다. 예쁜 나뭇잎을 줍고 다람쥐를 반가워하고 가슴을 부풀리며 숲 내음을 맡다 보면 어느새 마음이 평온해졌다.

이런 내가 자연 가까이에 사는 삶을 꿈꾸게 된 건 어쩌면 당연한 일이었다. 물이 높은 곳에서 낮은 곳으로 흐르듯 자연스럽게 나도 제주로 흘러들었다. 제주에 사는 지금은 창문을 열고 귤밭을 바라보거나 운동화를 신고 현관문을 열기만 해도 자연을 충분히 느낄 수 있다. 언제나 숲에 머무는 기분으로 살 수 있다는 것, 자연 가까이에 살며 평온한 마음을 가질 수 있다는 것, 그 자체가 나에게는 큰 행복이다.

─── 나에게 편지를 쓰는
마음으로

고3 때는 책상 앞에 앉아서 공부를 하다가 자정이 되면 라디오를 켜곤 했다. 베른워드 코흐(Bernward Koch)의 〈Little moritz〉. 익숙한 오프닝 송이 나오는 동안 마음을 정돈하고 있으면 곧 촉촉하고 다정한 목소리가 들려 왔다. 매일 같은 시간에 똑같은 목소리를 듣는 일이 마음을 편안하게 만들어 주었다.

DJ가 '달콤 가족'이라고 부르던 청취자들은 모두 다른 공간에서 각자의 할 일을 하며 연결되어 있었다. 누군가는 아르바이트를 하며, 누군가는 잘 준비를 하며, 나는 책상 앞에 앉은 채였다. 모르는 이들과 연결되어 같은 추억을 공유하는 기분이 꽤 멋졌다.

새벽 감성에 취해 라디오를 듣다 보면 나도 뭔가 쓰고 싶어졌다. 사연을 써 보기도 하고 친구에게 줄 편지를 적어 내려 가기도 했다. 그러다 문득 일기장을 만들었다. 나는 옅은 분홍색 양장 노트에 '고3의 추억'이라는 이름을 붙여 주고 늘 가방에 넣어 가지고 다녔다. 일기에는 그날 있었던 일, 좋아하는 남자애 이야기, 앞으로 하고 싶은 일들까지 적고 싶은 건 뭐든 적을 수 있었다. 내 말에 아무런 대꾸도 하지 않고 묵묵히 들어 주는 존재가 있다는 건 생각보다 든든한 일이었다.

그로부터 몇 년 후, 청소를 하다 먼지 쌓인 '고3의 추억'을 다시 보게 되었다. 과거의 내가 쓴 일기였지만 왠지 잘 모르는 열아홉 살 아이의 일기를 훔쳐보는 기분이었다. 미소를 지으며 일기장을 펼치니 꾹꾹 눌러 적은 글자들이 다시 찾아 주길 기다렸다는 듯 반갑게 나를 맞아 주었다.

일기장 속 아이는 모의고사 점수에 좌절하면서도 다시 희망을 가지고 공부를 해 나갔다. 친구들과 우정을 쌓고, 풋풋한 연애도 했다. 내 기억 속 고3 시절은 밋밋했는데, 일기 속에는 작은 일에도 재미를 느끼는 아이가 있었다. 일기를 읽는 내내 씩씩한 열아홉 살 아이가 다정하게 내 등을 토닥여 주었다.

나는 마지막 일기 다음 장에 열아홉 살의 나에게 보내는 편지를 적어 내려 갔다. 네가 그랬듯 앞으로 힘든 일이 있더라도 잘 헤쳐 나갈 거라고, 적어도 네게 부끄러운 사람은 되지 않겠노라고. 일기장에는 정말 내가 원하는 일이 무엇인지, 앞으로 어떤 모습으로 살고 싶은지도 다 기록되어 있었다. 엉뚱한 곳에서 답을 찾으려고 했지만 답은 이미 내 안에 있었다. 그날 나는 오래전에 쓴 일기를 다시 읽는 맛을 알아 버렸다. 그 후 미래의 나에게 편지를 쓰는 마음으로 기록하게 되었다. 할머니가 된 내가 가장 아끼고 좋아하는 책은 과거의 내가 쓴 일기장일 것이다.

시간이 흐르며 기록에 대한 애정은 더 짙어졌다. 지금은 일기장이나 스케줄러뿐 아니라 버킷리스트 노트, 생각 노트, 독서 노트, 꿈 노트, 음악 노트 등 주제를 세분화해 여러 권에 기록하고 있다. 책상 위에 작은 노트들을 쌓아 두고 잡아 놓고 싶은 생각이 떠오를 때마다 주제에 맞는 노트를 펼쳐 글을 쓴다.

차오르는 감정을 다 쏟아 내고 싶은 날에는 컴퓨터 앞에 앉아 일기 앱을 연다. 그 순간만큼은 마음의 소리를 뭉뚱그리지 않고 직시하며 키보드를 두드린다. 내 마음을 마주하면 감당하기 힘들어서 눈물이 날 때도 있지만, 다 쓰고 나면 마음이 정리되고 스트레스가 해소되기에 계속 썼다. 하루는 마음이 울적해서 어쩔 줄 모르고 있었는데, 문득 내가 '쓰는 사람'이라는 게 떠올랐다. 쓰면서 풀어 낼 수 있다고 생각하니 마음이 조금 평온해졌다. 내 머릿속 생각을 씀으로써 나와 떼어 놓을 수 있다는 건 나만의 피난처가 하나 더 있다는 것이었다. 그렇게 기록이 주는 위로의 힘도 알게 되었다.

기록하는 건 정말 위로가 된다. 세상에 나 혼자뿐이라고 느껴지는 외로운 날, 과거의 내가 쓴 일기를 펼쳐 본다. 미래의 나를 위해 힘든 일도 꾹 참는 나, 뭐라도 해 보겠다고 망망대해에서 노를 젓는 나, 바보 같은 나를 믿어 주는 내가 그 속에 있다. 과거의 내가 지금의 나를 응원하는 소리를 듣고 있으면 뭐든 다시 해 볼 수 있을 것 같다.

친한 사람과 함께 있는 자리가 아니라면 말보다 글이 편해서 생각을 정리한 후 천천히 꺼내 놓을 수 있는 SNS에도 자연스레 끌렸다. 나의 SNS에는 기록하지 않았다면 금방 잊혔을 일상의 모습들이 차곡차곡 쌓여 있다.

SNS는 관심사를 기반으로 사람들이 모이는 곳이라 내 공간에도 나와 비슷한 사람들이 모여들었다. 나와 결이 비슷한 그들이 참 소중했다. 어릴 적 라디오를 들을 때처럼, 나와 감성이 통하는 사람들이 있다는 데서 동질감을 느낀다. 어쩌면 이번엔 내가 DJ가 된 것 같았다. 나를 통해 비슷한 사람들이 모여 서로의 이야기를 나누곤 하니 틀린 말도 아니다. 그들이 나의 기록을 보고 위로받는다고 말해 줄 때면 혼자 기록할 때와는 조금 다른 모양의 기쁨이 느껴졌다. 기록하는 습관이 없었다면 이런 감정도 느끼지 못했을 거라고 생각하니 아찔할 정도다.

사진을 찍으며 깨달았다. 가장 예쁜 필터는 시간이라는 걸. 시간이 흐르면 못나 보였던 사진들도 다 예쁘게만 느껴진다. 기록도 비슷하다. 오늘의 기록이 시시해 보일지라도 그 위에 시간이 켜켜이 쌓이면 무엇과도 바꿀 수 없이 소중해진다. 지금껏 시간을 쌓기 위해 부지런히 기록해 왔고, 앞으로도 기록해 볼 생각이다. 여전히 미래의 나에게 편지를 쓰는 마음으로.

나만의 공간을 꿈꾸다

어릴 때부터 내 것에 대한 욕심이 컸다. 천성이기도 하겠지만 삼 남매 중 첫째인 탓도 있었다. 뭐든 동생들과 나눠야 하다 보니 공유하기보단 소유하길 바랐다. 가장 크게 욕심냈던 건 내 방이다. 장난기 많은 어린 동생들과 내내 한 방을 쓰다 보니 가끔은 혼자만의 시간이 필요했다. 부엌 옆에 난 작은 창으로 지나가는 사람들의 발만 보이던 반지하에 살았을 때도, 상가 건물 1층에 딸린 작은 방에 살았을 때도 문을 닫으면 외부와 격리되는 나만의 공간이 절실했다. 간절함과는 달리 혼자 있을 수 있는 공간은 스무 살이 되었을 때 처음으로 가질 수 있었다.

그 전까지 내가 의지한 건 책과 음악 그리고 노트였다. 그 시절 나는 마음이 힘들 때마다 문구점에 들러 새 노트를 한 권씩 샀다. 아무도 밟지 않은 눈밭처럼 흰 종이로 가득 채워진 빈 노트는 마치 깔끔한 하나의 방 같았다. 빈 종이에는 무엇이든 적을 수 있다는 가능성이 존재했고, 노트를 펼쳐 나만의 세상을 만드는 순간이 좋았다. 내 방이 없었던 시절, 책상 앞에 앉아 노트에 꿈을 적어 내려 가는 건 나의 작은 낙이었다.

'언젠가는 아무도 방해하지 않는 내 공간을 가져야지. 맛있는 음식을 먹으면서 좋아하는 영화를 볼 거야.'

나는 이제 막 배달 온 따끈한 피자를 먹으며 영화를 보는 내 모습을 머릿속으로 수도 없이 재생했다. 특정 직업을 꿈꾼 적은 없지만, 조금 더 구체적으로 내가 행복할 순간을 상상하며 꿈을 키웠다. 상상 속 장소는 언제나 집이었다.

맥주를 가득 채운 냉장고에서 시원한 맥주를 꺼내 마시며 영화를 보는 삶, 푹신한 소파에 앉아 그 달의 잡지를 보는 삶, 음반과 책이 잔뜩 꽂힌 멋진 책장을 가진 삶, 은은한 나무 향이 나는 책상에 앉아 일기를 쓰는 삶을 오랜 시간 꿈꿨다. 나의 집이 아무런 의무도 없는 자유로운 공간이길, 잠이 스르르 올 것 같은 포근한 공간이길 바랐다.

그런 꿈이 녹아 있기 때문일까. 지금껏 내가 자립한 뒤 꾸려 온 공간들은 저마다 평수도 구조도 다르지만, 편안한 느낌을 준다는 것만은 같다. 나의 집도 그렇지만, 다른 사람들의 집에도 자신만의 꿈이 녹아 있을 것이다. 그래서 집은 그곳에 사는 사람의 마음을 형상화한 공간이라고 생각한다. 활발한 사람인지, 정적인 사람인지, 식물에 관심이 많은지, 패션에 관심이 많은지 집을 차분히 둘러보기만 해도 집 주인의 마음속을 들여다볼 수 있으니까.

가끔 궁금하다. 어린 시절에 내 방이 있었다면 지금처럼 집의 소중함을 잘 아는 사람이 되었을까. 오랜 시간 내 공간을 기다린 만큼 집에서 보내는 하루하루가 여전히 소중하다. 가끔은 결핍이 꿈을 만들기도 하고, 그 꿈을 이룰 원동력이 되어 주기도 한다는 걸 집을 통해 배워 간다. 어린 시절에는 결핍이었지만, 지금은 자랑이 된 나의 집. 나는 이곳에서 가장 편안하고 행복하다. 자기만의 방을 상상하며 노트에 꿈을 적던 어린 나를 만날 수 있다면 토닥이며 말해 주고 싶다.

"너는 나중에 네가 상상하던 것보다 더 멋진 공간에서 살게 될 거야."

—— 좋아하는 마을에
　　산다는 건

고향이 있다는 건 어떤 느낌일까? 나에게도 태어나고 자란 고향이 있지만 내가 생각하는 고향이란 마음 한구석의 늘 그리운 곳, 힘들 때 기댈 수 있는 곳이기도 하다. 태어나고 자란 곳에 큰 애착이 없는 나는 고향을 그리워하는 마음이 무엇인지 잘 모른다.

한번 상상해 보자면 작은 마을이 떠오른다. 색색의 지붕을 가진 집들이 옹기종기 모여 있는 곳, 마을 뒤로 산이 병풍처럼 둘러져 있는 곳, 해 질 무렵 바둑이가 멍멍 짖으면 온 동네 강아지들이 따라 우는 곳, 여름이면 개천에 모인 아이들이 물장난치는 곳, 어느 집 담벼락에 능소화가 주렁주렁 달려 있는 곳, 돌아갈 수 없는 유년 시절의 그리운 순간들이 녹아 있는 곳. 그런 고향을 가진 사람들은 마음이 든든할 것 같아 부러웠다.

그래도 부러워만 할 필요는 없었다. 어린 시절로 돌아가 나의 고향을 선택할 수는 없어도 앞으로 삶의 터전을 어디에 꾸릴지는 내가 정할 수 있으니까. 스스로에게 고향을 선물하는 것도 꽤 멋진 일이니까. 나에게 마음의 고향이 되어 줄 아름다운 마을을 선물하겠다는 결심으로 제주에 왔고, 결국 살고 싶은 마을을 찾아 냈다.

지금 나는 서귀포 바닷가 마을에 산다. 남쪽으로는 바다가, 북쪽으로는 한라산이 보이고 마을을 감싸는 오름이 있는 작은 마을이다. 봄이면 길 따라 벚꽃이 흩날리고, 겨울에는 다른 동네보다 따뜻해서 늘 산책하고 싶은 곳이기도 하다. 서귀포답게 동네 구석구석 귤밭도 많다.

오래전, 서귀포를 지나가다 귤나무를 처음 봤다. 마트에서만 보던 귤이 나무에 주렁주렁 달려 있는 모습이 어찌나 예쁘던지. 귤밭 앞에서 손으로 브이를 그리며 사진을 찍기도 했다. 지금은 집 앞에 귤밭이 있어서 매일 귤나무를 볼 수 있다. 그 덕에 봄이면 향긋하고 달큰한 귤꽃 향기에 취하고, 겨울이면 주황색 귤에서 뿜어 나오는 상큼한 기운에 기분이 화사해진다. 누군가의 노고로 가꿔지는 귤밭을 공짜로 즐긴다는 게 가끔 미안할 정도로 기쁨이 느껴진다.

동네 구석구석 돌아다니다 보면 더 다양한 풍경을 만날 수 있다. 오토바이를 몰고 가는 해녀 삼촌들, 돌담에 앉아 졸고 있는 고양이, 정자에 앉아 담소를 나누는 할망들, 담벼락에 고고하게 핀 능소화, 바다가 보이는 슈퍼. 모두 내가 좋아하는 정겨운 풍경이다. 매일 보는 익숙한 광경이지만 계절과 날씨가 더해지니 지루할 틈이 없다.

제주에 살기 전에도 동네 풍경에 관심이 많은 편이었지만, 지금은 좋아하는 마을에 살고 있어서인지 더 애정이 간다. 손님이 있는 걸 한 번도 보지 못한 미용실은 잘 운영되고 있을까 궁금하고, 간판만 봐도 지난 세월이 느껴지는 세탁소가 정다워서 다음에 수선을 맡겨야겠다고 생각하기도 한다.

며칠 전에는 편의점에 소주를 사러 갔던 수가 어묵탕을 들고 돌아왔다. 편의점 사장님이 단골이라며 쥐여 주셨단다. 부동산 사장님은 괜찮은 구옥이 나왔다며 전화를 주시기도 하고, 귤 따기 아르바이트를 제안해 주시기도 한다. 내 성정 상 동네 사람들과 너무 친밀하지 않은 지금의 거리가 편안하다. 여기가 정말 내 고향이었다면, 우리 집 수저 개수까지 아는 이웃들 때문에 부자유스럽게 살았을지도 모르겠다. 그래서 나를 아는 사람이 없는 이곳이, 나 혼자 사랑하게 된 이곳이 더 좋은가 보다.

　누군가 나에게 좋아하는 곳에 사는 기분이 어떻냐고 묻는다면, 어디에도 속하지 못하고 부유하던 내가 드디어 뿌리를 내리고 싶어졌노라 말하겠다. 스스로 선택한 곳에서 살고 있다는 자부심, 마음 편히 머무를 곳이 있다는 안도감, 동네를 떠올리기만 해도 느껴지는 편안함은 덤이다.

　아마 내가 이곳에 살며 가장 많이 한 말은 '감사하다'일 것이다. 동네를 걷기만 해도 감사한 마음이 솟는다. 누구에게 감사한 건지도 모르면서 입버릇처럼 감사하다는 말을 많이 써 왔다. 지금 생각해 보니 아마 나를 여기에 데려다 준 나 자신에게, 아름다운 자연에게, 옆에서 같이 걸어 주는 사람에게 전하고 싶은 말이었던 것 같다.

다이소에서 산 작은 유리컵이 있다. 높이는 8cm이고
지름이 7cm로 한 손에 쏙 들어오는 아담한
크기다. 바닥 부분으로 내려갈수록 폭이 좁아지는
디자인이라서 내려놓았을 때 안정적이고, 잡았을
때 손바닥에 확 감기는 느낌이 있다. 유리컵을 살
때는 무늬가 없거나 잔무늬가 있는 걸 선호한다.
이 컵에도 작은 딸기 무늬가 프린팅 되어 있다.
보자마자 '귀여워!'를 외치며 동일 디자인의 컵을
두 개 구매했다. 이때까지만 해도 그저 저렴하고
귀여운 유리컵이라고만 생각했는데, 최근에 이
컵이야말로 내가 가장 좋아하는 컵이라는 생각이
들었다. 일단 컵의 두께가 딱 좋다. 너무 두꺼워서
둔해 보이지도 않고, 너무 얇아서 꽉 쥐면 깨져 버릴
것 같은 느낌도 없다. 두께가 알맞으니 컵이 입에
닿을 때의 느낌도 괜찮다. 무게도 마음에 든다.

가벼운 컵보다는 무게가 나가는 컵을 선호한다.
그렇다고 너무 무거워서 손목이 아픈 건 또 싫기에
적당히 묵직한 이 컵이 좋다. 그러니까 이 컵은
두께도, 무게도, 디자인도 아주 적당하다. 자취를
시작하며 빈티지 컵을 모아 보기도 하고 여러
브랜드의 컵을 써 보기도 했지만 얼마 쓰지 못하고
깨져서 버렸거나 사용하기 불편해서 찬장에 보관만
해 두는 일이 많았다. 그에 반해 이 컵은 생활
최전선에서 나를 보좌해 주는 친구 같은 존재다.
모난 데 없이 무난하기에 손이 잘 간달까. 7년째
쓰고 있지만 70년은 거뜬히 함께할 수 있을 듯하다.

빈티지 의자와 조명

오랜 세월을 버티며 갈수록 멋이 드는 빈티지 제품을
좋아한다. 처음에는 빈티지 촛대나 컵에 관심이
많았는데 시간이 지날수록 가구나 조명 쪽에 관심이
커진다. 금전적인 이유로 소비는 나중으로 미루고
있지만 언젠가는 세월을 품은 빈티지 제품들로
집을 채워 보고 싶다. 지금 사용하고 있는 물건들과
함께 나이 들어서 자연스레 멋있는 집이 완성되길
꿈꾸기도 한다.
지금 내 방에는 빈티지 의자와 조명이 있다. 의자는
덴마크 빈티지다. 단순한 디자인에 끌려서 가족으로
들이게 되었다. 만졌을 때 매끈한 느낌도 좋고,
견고하지만 가볍게 들 수 있는 무게라 마음에 든다.

군데군데 세월의 흔적이 느껴지지만 그마저도
멋처럼 느껴지는 게 빈티지 의자의 매력이다. 패브릭
색깔은 마음에 들지 않아서 어느 정도 쓰다가
하늘색으로 교체해 볼 생각이다. 또 하나는 천장
등으로 사용하는 무라노 조명이다. 디자인으로만
보면 완벽한 내 취향은 아니지만, 투명한 느낌과
마블 무늬가 마음에 들었다. 사진으로 볼 때보다
가까이서 직접 볼 때 더 예쁜 조명이다.

무인양품 특유의 여백 있는 디자인을 좋아해서
문구류, 패브릭, 가전, 주방용품, 정리 용품 등
다양한 제품을 사용하고 있다. 그중에서도 벽걸이
시디플레이어를 가장 애용한다. 이 제품의 색상은
옅은 회색이다. 색이 진했다면 금방 질려 버렸을
텐데 색이 튀지 않으니 시디플레이어보다 CD에
눈길이 간다. CD를 재생시키면 음반이 돌아가는
모습이 그대로 보이기 때문에 듣는 재미뿐 아니라
보는 재미도 있다. 사용법도 직관적이다. 줄을
당기면 재생이 시작되고 다시 당기면 멈추니 어린
아이들도 사용할 수 있을 정도로 쉽다. 음질은
무난한 편이지만 나에게 시디플레이어의 음향은
그리 중요한 부분이 아니다. 오히려 CD가 돌아가며
나는 잡음에서 아날로그 감성을 느낄 수 있어서 좋다.

다이어리 꾸미기, 줄여서 '다꾸'는 내 취미 중
하나이다. 다꾸를 하려면 집게, 풀테이프, 가위,
메모지, 스티커, 마스킹 테이프 등 여러 가지 물품이
필요하다. 이 중에서도 스티커야말로 다꾸의
꽃이다. 다꾸를 시작했을 무렵에는 스티커를 쓸
때마다 감탄했다. 예쁜 그림이나 사진에 접착력이
있어서 어딘가에 붙일 수 있고, 붙는다는 특성
때문에 나만의 새로운 세상을 만들 수 있으니까.

나에게 스티커는 그 자체로 하나의 작품이기에
정말 마음에 드는 디자인은 2장 산다. 한 장은 고이
보관해 두고 한 장은 아껴 가며 사용한다. 평소
물욕이 큰 편은 아닌데 스티커만 보면 속절없이
지갑이 열린다.

다꾸를 할 때는 대략적인 그날의 콘셉트를 정하고
어울리는 스티커를 골라 일기장에 붙인다. 스티커를
붙인 후에야 뭔가 잘못되었음을 깨달을 때가
많아서 리무버블 재질 스티커를 선호한다. 여러 번
뗐다 붙였다를 반복하며 전체적인 조화를 살피고,
흡족하면 그제야 일기를 쓴다. 종이를 꾸미느라
힘을 다 빼서 정작 일기는 부실하지만, 스티커를
떼서 흰 종이를 꾸미는 과정에서 스트레스가
날아가니 한결 가볍게 잠들 수 있다. 스티커가 잔뜩
붙어 뚱뚱해진 일기장은 언뜻 한 권의 그림책처럼
보인다. 내가 공들여 만들어 낸 한 권의 세계를
넘겨 보는 일이 좋아서 앞으로도 계속 다꾸를 할 것
같다. 노래를 흥얼거리며 스티커를 일기장에 붙이는
시간을 언제까지나 가지고 싶다.

2

나와 닮은

공간에서

—— 혼자
　　살아 본다는 것

대학을 졸업하고 회사에서 아르바이트를 하던 때였다. 사소한 일로 가족과 다툰 뒤 그때까지 억눌러 온 감정들이 폭발했다. 더 이상 이대로 살고 싶지 않다고 생각했을 때, 내가 가진 가장 큰 가방을 꺼내 중요한 물건만 챙겨 집을 나섰다. 그날 나는 먼 길을 떠날 때 곰인형까지 챙겨갈 수는 없다는 것을 깨달았다. 내 양손으로 들 수 있을 정도의 무게만, 꼭 필요한 것들만 챙기는 경험을 하며 단출하게 살고 싶어졌는지도 모른다.

그날부터 친구 집에서 신세를 지며 고시텔을 알아보았다. 고시텔은 방 안에 화장실이 딸려 있는 숙박 시설로 공용 화장실만은 피하고 싶던 나에게 한 줄기 빛 같은 공간이었다. 친구 집과 가깝다는 이유 하나로 한 곳을 선택해 계약했다. 입주하던 날, 입구에 들어서서 가장 먼저 본 건 내 방문 앞에 서 있는 경찰들이었다. 내 옆 방을 쓰는 아저씨가 소란을 피워서 출동했다고 했다. 들어가기도 전에 겁이 났지만, 나에게 주어진 작은 방에 들어가 문을 닫는 순간 무서움이 싹 사라졌다. 1.5평은 될까 싶은 그 작은 세계가 내겐 완벽했던 것이다. 가장 먼저 방 왼쪽에 푸른빛이 나는 유리 벽으로 구분된 화장실이 보였다. 화장실 오른쪽으로는 세미 싱글 사이즈 침대가 딱 붙어 있고 발치의 벽에 옷을 걸 수 있었다. 문과 화장실 사이에 책상이 있었다. 책상 아래에는 작은 냉장고가, 위에는 TV가 올려져 있었다. 책상 위 벽에 수납장도 달러 있었다. 좁은 공간에 생활에 필요한 것들이 테트리스 하듯 껴 맞춰져 있는 작은 방. 그리 멋진 곳은 아니어도 나에겐 완벽했다.

완벽한 방이었지만 바깥으로 난 창문이 없었다. 창이 있는 방은 5만 원이 더 비쌌기 때문에 고민 없이 창을 포기했다. 고시텔에 사는 동안 이 선택을 두고두고 후회했다. 방에 햇빛이 들지 않으니 자다 일어났을 때 몇 시쯤인지 감도 오지 않았고, 좁은 방에 온종일 머물러야 하는 주말에는 방이 나를 옥죄는 것 같았다.

또 다른 문제는 중앙 냉난방 시스템이었다. 종일 에어컨이 가동돼서 한여름에도 추위에 덜덜 떨었다. 그렇다고 에어컨을 끄면 찜통이 따로 없어서 끌 수도 없었다. 잠깐 에어컨이 꺼지기라도 하면 누군가 소리를 질러 댔다. 앞으로는 고시텔에 살더라도 밖으로 난 창은 필수, 중앙 냉난방하는 곳은 피하고 이왕이면 남녀 층이 나뉜 곳이 좋겠다고 생각했다.

여러 악조건에도 불구하고 행복했다. 힘든 일들도 다 재미있는 에피소드처럼 느껴졌다. 아르바이트해서 번 돈으로 이불이나 화장지를 사던 날도, 친구들이 먹을 걸 잔뜩 사서 냉장고와 선반을 채워 주었을 때도, 혼자 TV를 보며 라면을 먹던 것도 다 재미있었다. 내 TV, 내 화장실, 내 침대, 나만 있는 공간이라니. 혼자라는 게 정말 좋았다.

시간이 지나 취직하게 되면서 회사 근처에 고시텔을 얻었다. 그때는 꼼꼼하게 개별 냉난방인지, 남녀가 다른 층을 쓰는지 알아봤고 5만 원을 추가해 손바닥만 한 창문도 얻었다. 사회초년생이라 힘들던 시절, 5만 원을 더 주고 얻은 창문 밖 세상이 얼마나 큰 위로가 되었는지 모른다. 차들이 지나가고 신호등이 깜빡이는 반복적인 장면을 몇 시간이고 바라봤다.

하루는 옆방 세입자가 손님을 데려왔다. 그들이 크게 대화하는 소리가 계속 들려오자 나도 모르게 벽을 두 번 내리쳤다. 공용 주방에 갈 때도 꼭 도둑처럼 살금살금 다녔다. 다른 사람과 마주칠까봐 조마조마하며 라면을 끓였다. 점점 예민해지는 내 모습이 낯설었다. 마음이 답답할 때마다 할 수 있는 일이라고는 동네를 걷는 것밖에 없어서 매일 걸었다.

자주 찾았던 곳은 남부순환로 주변이다. 차들이 빠르게 지나가며 만드는 소음 덕에 듣고 있던 노래를 크게 따라 부르며 스트레스를 풀 수 있었다. 그렇게 매일 고시텔 주변을 뱅뱅 돌다 방에 돌아와서 쓰러지듯 잠이 들었다.

계속 고시텔에 살았던 이유는 보증금이 될 만큼의 목돈이 없었기 때문이다. 일을 하며 500만 원을 모으자마자 원룸을 구하러 돌아다니기 시작했다. 처음으로 부동산에 찾아간 날, 긴장되었지만 용기를 내서 문을 열고 원룸을 알아보고 있다고 말했다. 부동산에서는 예산부터 물었고, 나는 보증금 500만 원에 월세는 50만 원 이하였으면 좋겠다고 말했다. 부동산 사장님들이 보여 줄 만한 집이 있다고 할 때마다 뒤를 따라다니며 집을 구경했다.

'이제 나는 스스로 다 해야 하는 어른이구나.'

새삼스레 실감이 났다. 다양한 집을 보니 그 상태와 가격에 놀랄 수밖에 없었다. 창문 밖으로 옆 건물의 외벽만 보이거나, 좁거나, 오래되고 더러운 방이 대부분이었고 하나같이 비쌌다. 그런 집들을 볼 때마다 차라리 고시텔에 사는 게 마음 편할 것 같았다. 희망이 쪼그라들었고, 더는 부동산에 가지 않게 되었다.

그러니까 내가 살 집을 구한 건 순전히 우연이었다. 점심식사 후 회사 주변을 산책하다 보니 입구에 '월세 구함'이라고 써 붙인 빌라들이 종종 눈에 들어왔다. 그중 1층에 필로티 주차장이 있고 벽돌로 마감된 깔끔한 건물이 마음에 들어 집을 보게 되었다. 지금까지 봤던 집과는 다르게 깔끔한 것도 마음에 들었지만, 무엇보다 베란다 밖으로 보이는 큰 은행나무가 눈길을 사로잡았다.

그날 처음 알았다. 내 집이 될 공간을 만나면 그곳에서 생활할 내 모습이 바로 그려진다는 걸. 월세는 예산을 한참 넘어섰지만, 처음으로 마음에 쏙 든 집을 놓치고 싶지 않았다. 그동안 고시텔에서 고생했으니 조금 비싼 집에서 살아도 된다고 스스로를 설득시켰다. 그렇게 5층 빌라의 4층, 복도 맨 끝 방인 은행나무가 보이는 집에서 살게 되었다.

───── 은행나무집

처음 혼자 살아 보았던 창문 없는 고시텔과 처음으로 보증금을 마련해 구한 원룸 중 어느 곳을 나의 첫 자취방이라 불러야 할지 가끔 헷갈린다. 그래도 첫 자취방 하면 은행나무집이 떠오른다. 언제든 친구들을 초대해서 편하게 이야기 나눌 수 있었던 곳, 아무 때나 주방에서 요리해도 다른 누구의 눈치를 볼 필요가 없었던 곳, 창문 밖 은행나무가 봄엔 연두로 여름엔 초록으로 가을엔 노랑으로 겨울엔 하얗게 옷을 갈아입던 곳. 일 년 살았을 뿐이지만 추억이 깃든 곳이다.

고시텔을 정리하고 조촐한 짐을 챙겨 은행나무집으로 이사했다. 집을 예쁘게 꾸미고 싶었지만 예산이 부족해서 침대와 책상만 겨우 샀다. 침대는 나무로 된 조립식 가구였다. 호기롭게 혼자 조립하려다가 실패했다. 나무 부품을 내던지며 그 자리에서 엉엉 울어 버렸다. 침대를 핑계 삼아 그때까지 힘들었던 마음을 다 쏟아 냈다. 혼자 산다는 게 이렇게 힘든 일인가. 서러움이 밀려왔다. 그럼에도 나를 챙기고 돌볼 사람이 나뿐이었으므로 울고만 있을 수는 없었다. 몇 번이고 다시 용기를 내야만 했다.

다음 날 친한 동생에게 연락해서 사정을 말하니 흔쾌히 도와주겠다고 해서 같이 침대를 조립했다. 책상은 상판과 다리만 연결하면 되었기에 어렵지 않게 조립할 수 있었다. 은행나무가 보이는 창가를 가운데 두고 오른쪽에 침대를 왼쪽에 책상을 배치했다. 책상 앞 벽에는 좋아하는 사진을 붙이고 아이보리색 방수 천을 사다가 책상 위를 덮었다. 갈색 호피 무늬가 그려진 분홍색 침구와 분홍색 의자도 샀다. 중고 가전을 판매하는 곳에 방문해 작은 냉장고도 마련했다. 기본적인 것들이 갖추어지니 이제야 조금 집 같았다.

그때부터 각종 공과금을 챙기고 월세도 밀리지 않게 송금했다. 자취방을 구해서 지내다 보니 왜 월급은 통장을 스친다고 하는지 알 것 같았다. 통장에 구멍이라도 뚫린 건지 월급을 받아도 돈이 통 모이지 않았다. 회사 생활도 힘든데 돈이 없는 것도 서러워서 가끔 조용히 울기도 했다.

첫 자취라서 서툰 점이 많았다. 회사에 있는 시간이 길다 보니 주말에 요리하려고 사다 둔 식재료들이 썩어 나갔다. 빨래 건조대가 옷장을 대신했고, 꽃 시장에서 사 온 식물들은 제대로 키우지 못해 금방 죽었다. 나를 먹이고 입히고 챙기고 공간까지 관리한다는 건 참 어려운 일이구나. 음식물 쓰레기가 되어 버린 대파와 양파 따위를 버리며 그런 생각을 했다.

꿈꾸던 나만의 공간을 갖게 되었지만, 집에 있기보다는 바깥으로 나도는 날이 많았다. 매일 간단히 저녁을 먹고 집을 나섰다. 목적지는 주로 양재천이었다. 집에서 양재천까지 걸어가는 시간만 50분이었다. 양재천을 걷고 집에 다시 돌아오면 4시간이 훌쩍 지났지만 힘든 줄도 몰랐다. 걸을 때만큼은 괴롭지 않기에 매일 걸었다. 마음이 힘든 날은 양재천을 지나 한강까지 걷기도 했다. 강물 위에서 반짝거리는 도시의 불빛이 위로가 되었다.

월세 계약을 연장할지 고민하던 때에 가족들이 연락해 와서는 다시 집에 들어오라고 설득했다. 돈을 모아서 제대로 독립해야겠다는 생각에 자취 생활을 잠시 접게 되었다. 출퇴근 시간은 10분에서 3시간으로 늘어났지만, 통장에 돈이 차곡차곡 모이는 재미로 버텼다.

—— 내가 선택한 가족
리리

은행나무집에 살 때였다. 한참 잠에 빠져 있던 새벽 5시쯤, 아이가 우는 것 같은 앙칼진 소리에 놀라 잠에서 깰 때가 있었다. 그 소리의 정체가 길고양이라는 걸 알게 된 후부터 괜히 건물 관리하는 아저씨를 원망했다. 아저씨가 주차장을 더럽게 해 두니까 고양이가 꼬여서 황금 같은 내 수면 시간을 뺏는다고 생각했다. 밤에 조용한 골목을 걷다 고양이가 나타나 심장이 떨어질 뻔한 적도 한두 번이 아니라 딩최 정이 가질 않았다. 이제 와 깨달은 사실이지만 누군가를 잘 모를 때는 미워하기 쉽다. 나는 고양이를 잘 몰랐기에 그저 미워만 했다.

다시 본가에서 지내게 된 첫해 겨울, 퇴근길에 고등어태비 고양이가 음식물 쓰레기봉투를 뜯는 걸 보았다. 한참 부스럭거리던 고양이가 입에 문 것은 빨간 총각무였다. 고양이에 대해 잘 몰랐지만 저렇게 맵고 짠 걸 먹으면 안 된다는 것 정도는 알고 있었다. 고양이는 그런 걸 입에 물고도 내 눈치를 보느라 어쩔 줄 몰라 했다. 저걸 먹으면 배가 얼마나 아플까, 그동안 얼마나 춥고 배가 고팠을까 생각하니 안타까웠다.

그때부터 아파트 단지에 사는 고양이들이 눈에 들어오기 시작했다. 며칠 뒤 퇴근길에는 화단에서 놀고 있는 아기 고양이 세 마리를 발견했다. 아기 고양이들은 나를 보고 아파트 건물 벽 뒤로 후다닥 숨더니 고개만 빼꼼 내밀고 나를 훔

처보았다. 그 눈빛이 어찌나 똘망똘망하고 귀엽던지 하루의 피곤함이 다 녹는 듯했다. 이후로 고양이들에게 모모, 두키, 밍키라고 이름을 지어 주고 밥을 챙겨 주게 되었다. 다른 사람들에게 피해가 되거나 고양이들이 해코지 당할까 봐 사람들이 잘 다니지 않는 곳에 밥과 물을 두었다.

고양이는 사람을 알아봤다. 나를 보면 반가워했고 졸졸 따라다니기도 했다. 밥을 다 먹고도 내 옆을 떠나지 않았다. 발라당 누워 애교를 부리거나 그루밍 하거나 꾸벅꾸벅 졸았다. 나도 밥만 주고 가지 않고 옆에 앉아 음악을 들으며 하루치 피로를 풀곤 했다. 그렇게 3년이란 시간이 흐르며 내 마음속에 고양이라는 존재가 크게 자리 잡았다.

하루는 수가 아르바이트하던 주차장에 놀러 가기 위해 버스를 탔다. 창밖으로 흘러가는 풍경을 구경하다가 '리리 미용실'이라는 간판을 보게 되었다. 리리라는 귀여운 이름이 눈에 확 들어오더니 마음에 꽂혔다. 나중에 고양이랑 살게 되면 이름을 리리로 지어야겠다고 생각했을 정도로 마음에 들었다.

주차장에 도착해 수와 이야기를 나누는데, 어디선가 고양이가 악을 쓰며 우는 소리가 들려왔다.

"고양이 우는 소리 들리지 않아?"

"응, 이틀째 그런 소리가 나네."

고양이가 도움을 요청하는 소리인 것 같아서 주차장을 돌아보며 소리의 근원을 찾아다녔다. 울음소리는 주차된 승용차 바닥에서 흘러나왔다. 여러 번 불러 보았지만 고양이는 나올 생각을 하지 않았다. 차가 그대로 출발하면 고양이가 위험해질 수도 있었다. 차 앞 유리에 남겨진 번호로 차주에게 전화를 걸어 상황을 알린 후 바닥에 쭈그리고 앉았다.

"너 괜찮아?"

"삐용."

말이 통하지 않는 대화를 이어 가다 보니 몇 시간이 훌쩍 지나 밤이 되었다. 차주가 도착해 툴툴거리며 보닛을 열었다. 그 속에 치즈태비 아기 고양이가 웅크리고 있었다. 지나가던 사람이 저거 쥐 아니냐고 했을 만큼 작고 하찮은 아기 고양이. 차주가 긴 막대기로 고양이를 살짝 찔렀다. 마지못해 나온 고양이가 이번엔 트럭 바퀴 뒤에 숨었다. 차주도 구경하던 사람들도 모두 사라지고 적막해졌지만 나는 그곳을 떠날 수 없었다. 또 이런 일이 있어서 사고라도 나면 어쩐담. 무엇보다 캄캄한 밤 그곳에 홀로 남겨질 내 손바닥보다도 작은 아이를 두고 가기 싫었다.

"너 잡히면 우리 집에 가서 살아야 해."

나름의 경고를 한 뒤 입고 있던 셔츠를 벗어 포획을 시도했다. 가까이 다가가려고 하니 하악질을 하는 게 제법 고양이다워서 웃음이 났다. 같이 살 운명이었을까. 나는 곧 꼬질

꼬질한 작은 고양이를 품에 안았다. 무게조차 느껴지지 않는 작은 고양이는 언제 하악질 했냐는 듯 편안하게 눈을 감고 졸기 시작했다.

내가 지금 무슨 짓을 한 걸까. 두렵기도 하고 기쁘기도 해서 가슴이 울렁거렸다. 7월 3일에 만나 칠삼이라고 부를까 하다가 결국 그날 운명처럼 다가온 이름을 따서 리리라고 부르기로 했다.

리리를 에코백 속에 쏙 넣어 집에 데려왔다. 예상대로 집에서는 고양이를 받아들여 주지 않았다. 이로 인해 또 갈등이 시작되었다. 나만 사는 집도 아닌데 고양이를 데려온 내 잘못이 컸다. 리리도 내 방 안에서만 지내느라 많이 힘들어 보였다. 에너지 넘치는 아기 고양이는 밖이 궁금해서 새벽마다 문 앞에서 삐용삐용 울어 댔다. 더 이상 버티기 힘들어서 다시 집을 구하기 시작했다. 이번에는 내가 선택한 가족, 리리와 함께 살 집이었다.

─── 리리네집이
시작된 곳

리리와 함께 살 집을 구하기 전, 마음에 드는 동네부터 정해야 했다. 가장 중요한 조건은 산책로였다. 양재천을 걸으며 위로받던 밤들을 떠올리며 하천 양옆으로 산책로가 길게 뻗어 있는 동네를 골라 집을 알아보았다. 첫 자취방을 알아볼 때는 예산만 정해 두었지만 이번에는 조금 더 구체적으로 원하는 조건을 생각해 보았다.

1. 빛이 잘 드는 남향집일 것
2. 리리가 놀기 좋은 환경일 것
3. 원룸이라도 분리형 구조일 것

집을 구한다는 건 여전히 쉽지 않았다. 세입자의 직업도 중요해진 시대인지 어떤 부동산에서는 직업이나 직장 위치를 물어 왔다. 은근히 공무원이 들어오길 바라는 집주인도 있었다. 집도 면접 보듯 구해야 하다니. 어쩌다 마음에 드는 집을 만나도 고양이가 있다고 하면 계약할 수 없다고 했다. 그렇게 집을 스무 채 이상 보고 실망하길 반복하던 어느 날, 1층에 식당이 있는 빌라 2층 매물을 발견했다. 남향이었고, 방 2개에 거실까지 있는 집이었다. 새벽에는 아래층에 사람이 없으니 리리가 뛰어다녀도 괜찮았다. 내가 생각한 조건에 딱 맞는 데다 집주인이 집을 꾸미는 것도 상관없다고 해서 이보다 더 좋을 순 없었다.

그 집을 보러 간 날, 꽤 밝은 낮이었는데도 집 안이 우중충하게 느껴졌다. 사랑받지 못한 집이라는 건 조금만 둘러보아도 알 수 있었다. 그럼에도 집의 구조가 아기자기해서 마음이 갔다. 거실은 아늑한 휴식 공간으로 꾸미고, 거실에 딸린 베란다는 세탁실로 만들면 될 것 같았다. 빛이 잘 드는 큰 방에 침실을 꾸리고 작은 방은 옷방이나 창고로 쓰면 딱 좋을 듯했다. 은행나무집에서 그랬듯 그곳에서 생활할 내 모습이 바로 그려졌다. 미리 생각한 조건에도 부합하고, 세도 저렴하고, 그곳에서 웃는 내 모습도 그려지는 집. 이번에도 나의 직감을 믿고 계약했다.

전 세입자가 빠져나간 집을 둘러보니 방 2개 모두 한쪽 벽에 곰팡이가 피어 있었다. 오래되어 누렇게 뜬 벽지도, 거실의 꽃무늬 벽지도 거슬렸다. 내 마음에 드는 집을 만들기 위해서는 가장 기본이 되는 벽지부터 바꿔야 했다. 곰팡이를 처리하기 위해 벽지를 뜯어내고 곰팡이 제거제와 방지제를 발랐다. 도배는 전문 업체에 맡겼다. 꽃무늬 벽지를 찝찝해하고 누런 얼룩을 볼 때마다 한숨을 쉬느니, 마음에 드는 공간에서 웃으며 사는 게 좋겠다고 판단했다. 내가 집을 예뻐해 주면 집은 나에게 더 큰 힘을 줄 거라고 믿었다.

흰색 벽지로 기본을 만든 후에는 현관문이 눈에 들어왔다. 현관과 거실이 바로 이어지는 구조였기 때문에, 칙칙한 회색

현관문을 화사하게 바꿔 주면 집 분위기가 확 살 것 같았다. 이왕이면 내 이미지와 어울리는 색으로 칠해 보고 싶어서 수에게 물었다.

"나를 생각하면 무슨 색깔이 떠올라?"

"음… 분홍색?"

당시 내가 좋아하던 색깔도 분홍색이었다. 은행나무집에 살 때도 무의식적으로 분홍색 의자와 분홍색 침구를 샀던 걸 보면 꽤 오래 분홍색을 좋아해 온 게 틀림없다. 나 역시 이 집에 사랑스러운 포인트 공간이 있길 바랐다. 현관문에 분홍색 계열의 페인트를 칠해 보기로 했다.

가까운 페인트 매장인 던에드워드에 방문했다. 색상 표를 확인해 보니 분홍색도 종류가 다양했다. 우선 진하거나 연한 분홍색은 후보에서 제외했다. 남은 색 중에 가장 사랑스러운 색을 고를 생각이었다. 긴 고민 끝에 내가 고른 색은 '오렌지 오러'. 주홍빛이 도는 분홍색이라 상큼하고 발랄한 느낌이 났다.

현관문 페인트칠에 대해 검색해 보니 페인트를 칠하기 전에 해야 하는 작업이 있었다. 애벌 처리로 젯소를 바르고, 페인트를 바를 부분 이외에는 보양 작업을 위해 마스킹 테이프와 커버링 테이프를 감싸야 했다. 페인트를 사면서 매장에서 젯소와 테이프, 페인트를 부을 트레이, 페인트를 바를 때 사용할 롤러와 붓까지 필요한 물품들을 한꺼번에 샀다. 집에 돌아와서 현관문부터 깨끗하게 닦았다. 페인트가 묻으면 안 되는 문고리와 바닥을 커버링 테이프와 마스킹 테이프로 감싼 뒤 작업을 시작했다.

먼저 젯소를 바르고 말린 뒤 페인트도 3번 칠하고 말리고를 반복했다. 작은 현관문이라고 만만하게 생각했는데 집중해서 꼼꼼히 바르다 보니 꽤 힘든 작업이었다. 그럼에도 현관이 밝아지니 집의 분위기까지 화사해져서 대만족이었다.

현관문이 완성되니 욕심이 생겨서 현관 주변도 꾸며 보았다. 가장 먼저 현관문에 연한 분홍색 포스터를 붙였다. 포스터에는 'Wake up and be awesome'이라고 적혀 있었다. 밖으로 나가기 전 신발을 신을 때마다 그 문구를 보며 힘을 얻곤 했다. 현관문 옆에는 벽걸이형 핀으로 틸란드시아와 오키나와 여행에서 기념으로 사 온 장난감 우쿨렐레를 걸어서 휴양지 느낌도 내 보았다. 그 옆에 내가 색연필로 그린 리리 그림을 붙여 두었다. 마무리로 상큼한 주황색 포스터를 붙여 사랑스러운 느낌을 더했다. 이래서 셀프 인테리어를 하는 거구나. 제법 아늑해진 현관을 보니 그동안의 노고가 싹 잊히고 뿌듯함만 남았다.

벽과 현관을 바꾸고 나서 가장 먼저 정리한 공간은 거실이다. 자취 생활을 하며 처음으로 갖게 된 거실이라 더욱 의미가 컸다. 리리가 편안하게 쉴 수 있는 공간이 되길 바라며 캣폴부터 주문했다.

내 방 안에서만 생활할 때는 리리의 공간을 따로 만들어 줄 수가 없었다. 그때 리리는 옷장 꼭대기에 올라가서 쉬곤 했다. 책장에 올라가서 책을 몽땅 떨어뜨리고 자리를 잡을 때도 있었다. 그런 기억 때문에라도 리리를 위한 수직 공간을 꼭 만들어 주고 싶었다.

볕이 잘 드는 창가에 캣폴을 설치하고 주변에 스크래처를 몇 개 놓아 리리의 공간을 완성했다. 나를 위해서는 3인용 소파를 들이고 그 옆에 책장을 두었다. 주말 아침이면 세탁기 돌아가는 소리를 들으며 소파에 누워 책을 읽었다. 리리는 캣폴에 올라가 졸곤 했는데, 그 순간만은 어떤 나쁜 일도 일어나지 않을 것처럼 마음이 고요했다.

캣폴 옆 빈 공간에는 수납장을 놓고 화분을 올려 두었다. 초반에는 식물에 관심이 많아서 양재 꽃 시장에 자주 가곤 했다. 수형이 예쁘니까 사고, 저렴하니까 샀다. 그러다 보니 집에 화분이 하나둘 늘어났다. 식물에 대한 책임감이나 지식이 없는 상태로 사들이기만 했다. 시간이 지나자 관리를 제대로 못해 죽는 식물이 생겼고, 뿌리파리나 깍지벌레가 생기는 일도 겪으면서 식물 들이는 일에 조심스러워졌다.

게다가 반려동물이 있는 집이라면 더욱 신중해야 한다. 몬스테라나 스킨답서스 같은 식물에는 독성이 있어서 함께 사는 리리에게 치명적일 수 있다. 백합과 튤립 같은 꽃도 마찬가지로 위험해서 식물이나 꽃을 고를 때 더욱 조심하게 되었다.

거실 다음으로 방을 정리했다. 큰 방은 빛도 잘 들고 창밖으로 골목 풍경이 보였다. 리리가 바깥 구경을 하길 바라는 마음으로 창가에 나무 선반을 설치해 두었다. 한낮에 햇살을 받으며 편안히 쉬는 리리의 모습을 기대했다. 그러나 겁이 많은 리리는 새벽에만 선반에 올라 텅 빈 거리를 보곤 했다. 아쉽긴 했지만 어떻게든 사용해 주니 집사 입장에서는 감사한 일이었다.

방 한쪽에는 침대를 두었다. 방은 넓고 침대는 싱글 사이즈라 남는 공간이 허전하게 느껴졌다. 넓은 방에서 생활해 본 경험이 적다 보니 맞지 않는 옷을 입은 듯 어색했다. 그래도 금방 적응할 거라 생각하며 계속 큰 방을 침실로 사용했다. 작은 방은 해가 잘 들지 않아서 짐이나 옷을 보관했다.

나는 집이 단번에 완성될 수 없다고 믿는다. 가장 적절해 보이는 대로 가구를 배치하더라도 살다 보면 동선상 불편하거나 인테리어상 거슬리는 부분이 생기기 마련이다. 그럴 때마다 조금씩 고쳐 나가기를 반복해야 자연스레 마음에 드는

집이 완성된다. 조급하게 집을 꾸민 후 '왜 우리 집은 예쁘지 않을까?' 하고 실망하기보다는 시간을 두고 마음에 드는 집을 만들어 가는 재미를 느끼는 편이 좋다.

리리네집 역시 시간을 두고 천천히 바뀌 나갔다. 일단 거실의 소파가 문제였다. 주로 거실에서 생활했는데 푹신한 소파가 있다 보니 자꾸 눕고 싶었다. 잠에서 깨자마자 다시 소파에 눕는 날들이 계속되던 어느 날, 다시 한번 내가 원하는 거실의 모습을 생각해 보았다. 그때 문득 스타벅스에서 본 넓은 우드슬랩 테이블이 떠올랐다. 거실에 넓은 테이블을 두고 카페 느낌을 내 보면 꽤 근사할 것 같았다.

고심 끝에 적당한 가격대의 6인용 테이블을 들였다. 넓은 테이블이 생기니 밤에 은은한 조명을 켜 놓고 음악을 틀어 두고 있으면 정말 카페에 온 것 같았다. 그 자리에서 필사도 하고, 음악도 듣고, 일기도 쓰면서 하루를 조금 더 부지런히 사용하게 되었다.

방에도 변화가 있었다. 큰 방이 대로변에 인접해 있어서 새벽에 술 취한 사람들이 지르는 고함에 놀라 깨는 날이 종종 있었다. 안 그래도 휑하게 느껴지던 큰 방이 시끄럽기까지 하니 침실을 옮겨야겠다고 생각했다.

상대적으로 조용한 작은 방으로 침대를 옮겼다. 침대 옆에 이케아 야외 테이블을 두었다. 침대와 테이블 하나 정도 들어가는 작은 방이어서인지 아늑하게 느껴졌다. 큰 방에는 책상과 소파를 두고 한쪽에 옷들을 보관해서 작업실 겸 옷방으로 꾸몄다. 그제야 각자의 방이 알맞은 역할을 찾은 듯했다.

리리네집의 화룡점정은 빔 프로젝터였다. 내 공간에서 맛있는 음식을 먹으며, 영화를 보고 싶다는 나의 오랜 꿈을 현실로 만들기 위해 빔 프로젝터를 들였다. 침대 옆 테이블에 빔 프로젝터를 올려 놓고 블루투스 스피커를 연결하니 제법 아늑한 나만의 영화관이 만들어졌다. 매일 밤 간식을 챙겨서 그동안 보고 싶던 영화들을 섭렵했다. 벽 한쪽을 가득 채워 영화를 보고 있으면 잠시나마 내 방을 벗어나 다른 시공간을 여행하는 기분을 느낄 수 있었다.

내가 영화에 몰입하고 있으면 리리가 내 다리에 기대 잠을 잤다. 영화 소리 때문에 시끄러울 텐데도 내 곁에 머무르는 리리를 보고 있으면 마음이 따뜻해졌다. 어릴 적 꿈을 이룬 것도 행복한데, 이 좋은 순간에 사랑스러운 리리까지 내 옆에 있으니 더 바랄 게 없었다.

리리는 공간에 온기를 불어넣는 존재였다. 혼자 살 때는 밖으로 나돌다가 집에 와서 쓰러지듯 잠만 자던 내가, 리리를 만난 후부터 귀가를 서두르게 되었다. 리리와 함께했던 매 순간이 나에겐 참 소중했다. 왜 나만의 공간을 꿈꾸던 어린 시절에는 누군가와 함께하는 내 모습을 상상해 보지 않았을까. 리리를 보며 사랑하는 존재와 함께일 때 집이 더 따뜻해진다고 느꼈다.

리리와 함께한 리리네집에서 나는 머리로 상상하고 두 손을 움직여 내 공간을 꾸리는 행복과 소중히 가꾼 공간에서 추억을 쌓아 가는 행복을 동시에 느꼈다. 내 생각이 맞았다. 애정을 가지고 집을 가꿀 때 집도 나에게 행복을 주었다.

—— 여기가 아닌
　　　다른 곳에서

자우림의 곡 〈샤이닝〉 가사 속으로 숨는 날들이 있었다. 시작과 끝이 '지금이 아닌 언젠가, 여기가 아닌 어딘가, 나를 받아 줄 그곳이 있을까'로 같은 노래. 인생 대부분의 시간을 '여기'가 아닌 '다른 곳'을 꿈꾸며 둥둥 떠다녔다.

마음의 심연을 들여다보면 집에서 온전히 쉬지 못했던 어린 내가 떠오른다. 우리 집은 일 년에 며칠 정도 화목했지만 나머지 날들은 언제 그랬냐는 듯 서로를 원망했다. 나는 가족들과 마주치기 싫어서 자주 밖으로 나돌았다. 집에 있을 때면 방에 처박혀 있다가 참을 수 없이 배가 고파졌을 때만 주방으로 나갔다. 밥을 마시듯 빨리 먹고 다시 방에 들어올 때마다 내가 있을 곳은 여기가 아니라 저 멀리 다른 곳이라고 생각했다. 매일 꺼림칙한 기분으로 살았다.

가끔 세상에서 사라지고 싶었지만 그러기엔 내가 너무 아까웠다. 지금 힘들 뿐이지 나는 더 행복할 수 있는 사람이라고 믿었다. 그래서 막연히 먼 곳에 가고 싶었다. 여기가 아닌 어딘가, 나를 아는 사람이 아무도 없는 곳이라면 모든 걸 처음부터 다시 시작할 수 있을 거라 생각했기 때문에. 나를 받아 줄 그곳이 어딘지는 몰라도 저 멀리의 섬 같은 공간이라는 건 알 수 있었다. 내 맨몸으로 그곳에 닿는 건 무리였다.

먼 곳에 가고 싶다는 꿈은 나이가 들수록 흐려져 갔다. 좋든 싫든 나를 지키려면 현실에 발붙이는 방법을 배워야만 했으니까. 대학을 졸업하자 보이지 않는 눈들이 이제 너도 쓸

모 있는 인간이라는 걸 증명하라며 내 등을 떠미는 듯했다. 조급한 마음으로 남들처럼 취업 시장에 뛰어들었고, 운 좋게 일하고 싶던 분야에 몸담게 되었다.

한때는 일이 재밌기도 했지만 10년 후에도 계속 이 일을 하고 싶은가에 대한 답을 찾지는 못했다. 게다가 나에게는 출근을 해야 한다는 것 자체가 고역이었다. 아침에 일어나자마자 좋아하지 않는 곳에 꼬박꼬박 가야 한다는 데서 오는 좌절감을 더는 느끼고 싶지 않았다.

퇴사 후 불안하기도 했지만 대체로 평온한 날들이 계속되었다. 마음에 여유가 생기자 평소 하고 싶었던 대로 SNS에 나의 공간과 일상을 공유할 수 있었다. 시간이 지나니 자연스레 수입도 생겼다. 회사 밖에도 길이 있다는 것에 희망을 느끼며 앞으로도 내 인생을 잘 꾸려 나가리라 다짐했다. 그렇게 모든 게 제자리를 찾은 것 같았는데, 안심하던 내 뒤에 우울이 서 있었다.

어릴 때부터 우울하다는 감정이 친구처럼 따라다녔기에 기척이 나면 또 왔냐고 인사하는 정도의 사이였지만, 이번에는 그만한 크기가 아니었다. 침대에서 일어나는 것조차 힘들 정도로 무기력해졌다. 제대로 된 잠을 잘 수도 없었다. 새벽이면 과거에 받은 상처를 반추하며 스스로를 좀먹었다. 동이 틀 무렵에야 겨우 선잠을 잤고, 눈을 뜨면 또다시 지긋지긋

한 무기력이 몰려왔다. 나는 여전히 내가 아까웠다. 돌파구가 필요한 시점이었다.

환경을 바꿀 수 없을 때는 환경보다 중요한 게 내 마음가짐이라고 스스로를 다독였다. 지금 있는 자리에서 행복하지 못하면 어디에서도 행복할 수 없다는 흔한 말을 스스로에게 건네며, 사는 곳에서 행복해지려고 노력했다.

그러나 '이 정도면 괜찮다'와 '여기라서 행복하다' 사이에는 큰 간극이 존재한다. 나의 돌파구가 이 지점에 있는 것은 아닐까. 집을 통해 자라난 공간에 대한 관심이 어느새 동네에 대한 관심으로 확장되었다. 나를 둘러싼 환경을 바꾸어 보고 싶었다.

생각해 보면 서른이 넘도록 한 번도 좋아하는 곳에서 살아 보지 못했다. 어릴 때부터 살아서 익숙하다는 이유로 비슷한 지역에서 살아왔고, 앞으로도 별생각 없이 살아갈 게 뻔했다. 왜 그런 삶에 한 번도 의문을 가져 보지 않았을까?

의문이 생겼을 때 나를 돌아보니 더 이상 맨몸이 아니었다. 금전적인 여유가 있었고, 나를 믿어 주는 수와 사랑스러운 리리가 곁에 있었다. 자립한 스스로에 대한 믿음도 있었다. 이 모두가 나의 배가 되어 주었는지도 모른다. 그 배를 타고 더 멀리까지 나갈 수 있을 것만 같았다. 어느새 좋아하는 동네에서 사는 꿈을 꾸게 되었다.

좋아하는 곳에서 4년째 사는 지금, 나는 선명히 알겠다. 부초처럼 떠 있던 마음이 한 곳에 뿌리내리는 기쁨을. 물론 마음가짐도 중요하지만 환경이 주는 영향은 생각보다 더 컸다. 지금껏 내가 살아온 삶에 괄목할 만한 성취 따위는 없었을지 모르지만, 적어도 내가 처한 환경에 안주하지는 않았다. 불행하다고 느껴질 때마다 희미한 빛이 보이는 방향으로 한 걸음씩 걸어왔다.

이 글을 쓰다가 고개를 들어 창밖을 바라보니 큰 나무가 보인다. 겨우내 앙상했던 가지에 돋아난 연두색 잎들이 어느새 길게 자라 춤을 춘다. 아주 평온한 기분이다. 그리고 이 평온이 하루아침에 만들어지지 않았구나, 새삼 깨닫는다.

—— 제주로
떠날 결심

어디에서 살아 볼까? 여러 도시를 떠올려 보았지만 살고 싶은 곳은 제주뿐이었다. 제주를 처음 경험한 건 열일곱 살 여름이었다. 비행기를 타고 섬으로 간다는 게 설레서 MP3에 최성원의 〈제주도의 푸른 밤〉과 토이의 〈스케치북〉을 담아 간 뒤 반복해서 들으며 여행을 즐겼다. 제주는 참 아름다웠다. 낚싯배를 빌려 바다에 나간 날, 우리 배를 따라오는 돌고래 두 마리를 보고 입이 벌어지기도 했고, 우도 서빈백사에서 에메랄드빛으로 반짝이는 바다를 보며 시간을 보내기도 했다. 모든 게 다 좋았지만 한여름 제주의 더위만큼은 좋아지지 않았다. 숨쉬기조차 힘든 더위를 3일쯤 견디다 보니 그냥 집에 돌아가고만 싶었다.

일주일 간의 여행을 마치고 집으로 돌아가기 전날 밤, 왠지 모를 아쉬운 마음에 저녁을 먹고 숙소를 나섰다. 동네를 걷다 보니 바닷가에 닿았다. 하늘이 짙은 청색으로 물들고 있었고 멀리 하얀 등대 불빛이 주기적으로 깜박였다. 바다에 떠 있던 한치잡이 배의 조명은 별처럼 빛났다. 서늘한 바닷바람을 맞으며 아름답고 고요한 순간을 즐기다 보니 언제 집에 가고 싶어 했냐는 듯 떠나기 전부터 제주가 그리웠다. 어른이 되면, 혼자 제주에 와서 다시 이 푸른 밤을 볼 거라고 다짐했다. 그날 이후 제주는 떠올리기만 해도 힘이 되는 장소가 되었다.

제주를 다시 찾은 건 그로부터 10년 뒤였다. 회사 워크숍 일정 때문이었다. 정해진 코스를 관광해야 했고 날씨까지 궂어서 멋진 여행은 아니었다. 그럼에도 어릴 적 기억들을 떠올리기엔 충분했다. 그다음 해부터 일 년에 두 번은 제주행 비행기를 탔다.

제주에 갈 때면 주로 독채 민박에 머물렀다. 집 한 채를 빌려 도민처럼 살아 볼 수 있다는 게 큰 장점이었다. 어떤 집은 주방 창 너머로 귤나무가 보였고, 어떤 집은 거실 창밖으로 까만 돌담이 보였다. 제주에서의 시간은 느리게 흘렀고 각박한 내 마음에도 여유가 생겼다. 이렇게 아름다운 풍경을 매일 볼 수 있다면 얼마나 좋을까.

맑은 날의 아름다운 제주도 좋아했지만, 변덕스러운 날씨와 쓸쓸한 분위기도 좋았다. 그런 모습이 어쩐지 나와 닮은 것 같았다. 제주에 있으면 마음이 편안했고 나다워졌다. 제주는 여러모로 나와 주파수가 맞는 곳이었다.

오랜 연인인 수도 제주를 좋아했다. 느긋하고 감성적인 성격의 수는 어쩌면 나보다 더 제주를 사랑했다. 우리는 자주 제주로 향했고 그때마다 입버릇처럼 제주에 살고 싶다고 얘기했다. 수는 싱어송라이터라는 꿈을 품고 음악과 아르바이트를 병행하고 있었는데, 오랜 시간 지속해 온 일에 꽤 지쳐 있었다. 나도 돌파구가 필요한 상황이었기에 우리가 좋아하는 곳에서 새로운 마음으로 살아 보는 게 도움이 될 거라 믿

었다. 수는 내가 제주에 간다면 함께 가겠다고 했다. 혼자라면 더 오래 고민했겠지만 둘이라면 의기투합해서 함께 적응해 나갈 수 있을 듯했다.

그렇게 용기가 생기다가도 두려웠다. 제주에서 한 달 살기를 해 봤기에 막연히 로망만 가지고 있는 상태는 아니었지만, 정착해서 오래 사는 건 어떤 일이 될지 알 수 없었다. 실제로 제주에 로망을 품고 왔다가 다시 돌아가는 사람들이 많다고 하니 내가 그중 한 사람이 되지 말란 법은 없었다.

정말 떠나도 되는 걸까? 도돌이표 같은 고민을 이어 가던 어느 날, 이어폰을 꽂고 동네를 산책하는데 애덤 리바인(Adam Levine)의 목소리가 흘러나왔다. 영화 〈싱 스트리트〉 결말부에 꿈을 찾아 떠나는 이들을 배경으로 흐르던 노래였다.

You're right. Go on
네가 옳아, 계속 가
Keep running for your life
네 삶을 위해 계속 달려
Made up your mind no going back now
마음을 정했으니 이제 뒤돌아 가지 마
See it all come falling down

모든 것이 무너지는 것을 봐

You're tried so hard to figure out

알아내려고 많이 노력했잖아

Just what it's all about

그게 중요한 거야

　뭘 그렇게 머리 아프게 생각했나. 이 길이 맞는지 아닌지는 일단 가 봐야 아는 것이었다. 이미 떠나는 쪽으로 마음이 기운 상태에서 고민해 봐야 시간 낭비였다. 가슴이 두근거렸고, 제주에 당장 가고 싶어졌다. 바로 수에게 전화를 걸었다.

　"우리 그냥 가자!"

집 안에 필요한 가구를 목수인 수와 상의해서
하나씩 만들어 가고 있다. 첫 시작은 책장이었고,
그다음에 책상과 의자를 만들었다. 그리고 최근에
특별한 가구를 만들었다. 취향의 물건들을 진열해
둘 수 있는 수납장이다. 상단 3칸은 오픈형으로
만들어서 물건을 진열하고, 하단에는 문을
달아 노출하기 싫은 물건들을 수납하는 형태로
디자인했다.

수납장 가장 위에는 소장하고 있는 CD를 진열했다.
지금은 스트리밍 서비스를 통해 음악을 손쉽게
들을 수 있지만, 내가 어릴 때만 해도 음악을 듣기
위해서는 음반을 사야 했다. 그래서 내게 음악은
여전히 CD라는 물성으로 다가온다. 음악이 손에
잡히는 맛이 좋아서 CD 듣는 일을 포기할 수 없을
것 같다. 오래전에 돈이 없다는 이유로 가지고

있던 음반들을 대거 중고 시장에 내 놓고 판 적이
있다. 지금은 그 음반들을 구할 수 없어서 아쉬운
마음뿐이다. 이제라도 마음에 드는 음반들을 수집해
갈 생각이다.

아끼는 음반 중에 2002년에 공연한 뮤지컬
〈로미오와 줄리엣〉을 소개하고 싶다. 나의 뮤지컬
입문작이라 더욱 특별하게 생각하는 음반이다. 음반
커버에 로미오 역할의 민영기 배우와 줄리엣 역할의
조정은 배우 사인도 받아 두었다. 유모 역은 신영숙
배우가 맡았는데 그 찰진 연기가 아직도 생생하다.
멋진 배우들의 목소리가 고스란히 담겨 있어서
지금까지도 자주 들으며 따라 부른다.

또 아끼는 음반은 영화 〈연애소설〉 OST, 김상헌
음악감독 버전이다. 공교롭게 이 작품도 2002년
작이다. 수록된 연주곡이나 영화 대사도 좋지만
학창 시절에 좋아했던 추억 때문에 더 소중한
앨범이다. 자주 들으면 처음과 같은 감동을 더 이상
느끼지 못할까 봐 아껴 듣고 있다.

좋아하는 음반을 소개한 김에 내 음악 취향을 잠깐
얘기해 볼까 한다. 내가 좋아하는 음악은 보통 3가지
특징을 가진다.

1. 가사가 예쁘다.
2. 분위기가 몽환적이다.
3. 노래 속 상황에 빠져들게 한다.

이 중 한 가지 특징만 있어도 좋아하지만, 모든
특징을 다 가진 노래도 있다. 그중 하나가
이상은의 〈비밀의 화원〉이다. 이 곡을 듣고 있으면
몽글몽글한 구름 위를 걷는 듯한 기분이 든다.
김연우의 〈우리 처음 만난 날〉도 좋아한다. 이
노래를 들을 때만큼은 내가 있는 장소와 계절을
잠시 벗어나, 겨울밤 설레는 마음으로 삼청동에
서 있게 된다. 루시드폴 〈바람, 어디에서 부는지〉,
유재하 〈내 마음에 비친 내 모습〉, 빛과 소금
〈그대에게 띄우는 편지〉도 오랜 시간 좋아해 온
곡이다.

아래쪽 칸은 특별한 목적 없이 좋아하는 물건들을
진열해 둘 용도로 만들었다. 현재는 가지고 있는
책들과 달력, 조명을 올려 두었다. 오른쪽에는
서랍이 있다. 이 서랍은 선반장의 귀여운 포인트가
되어 준다. 꽤 깊고 넓게 만들어져서 크기가 큰
음반들을 보관해 두었다.
한 칸 아래로 내려가면 턴테이블이 있다. 오래전부터
턴테이블에 관심이 있었지만 선뜻 구매할 수는
없었다. CD까지는 내가 직접 경험한 문화이지만,
바이닐은 경험하지 않았기 때문에 어색하고 허세
같기도 했다. 그러다 보사노바 음악을 좋아하게
되면서 〈Getz/Gilberto〉 앨범에 수록된 〈The girl
from Ipanema〉를 바이닐로 들으면 어떤 느낌일까

궁금해졌고, 턴테이블을 들였다. 이제 막 입문해서
바이닐은 몇 장 없다. Daft Punk 〈Random Access
Memories〉, Bill Evans trio 〈Portrait in Jazz〉, Ella
Fitzgerald 〈Mack the Knife : Ella in Berlin〉 앨범을
가지고 있다. 그럼에도 딱히 바이닐이 더 필요하다는
생각이 들지 않는다. 이 정도로도 충분히 즐겁게
듣고 있다.

턴테이블은 확실히 불편하다. 몇 곡 듣지 못하고

번거롭게 바이닐을 뒤집거나 교체해 주어야 하니까.
그래도 비가 와서 감성까지 촉촉해지는 날이면
턴테이블에 손이 간다. 스트리밍 서비스로 편하게
음악을 듣는 것과는 다른 감성과 기쁨이 있기에,
턴테이블로 음악을 듣는 행복도 누려 볼 생각이다.
하단 수납장은 디자인상 수납장을 안정감 있게 잡아
준다. 문을 달아 놓아서 물건을 보이지 않게 수납할
수 있다는 점도 유용하다. 이 공간에는 내가 가진
카메라를 보관해 두었다. 우리 집에는 수납장이
많지 않다. 수납장이 넉넉하면 공간을 채우기 위해
물건을 많이 들이게 될 것 같아서 일부러 수납장
늘리지 않았다. 당초 계획과는 다르게 시간이
지나자 제자리를 찾지 못한 물건들이 생겼는데,
수납공간이 생겨서 방이 깔끔해졌다.

방을 완성하기까지 3년이라는 긴 시간이 필요했다.
다음은 거실 차례다. 어떤 거실을 만들어 가 볼까.
지금부터 즐거운 상상을 시작해 봐야겠다.

3

좋아하는 곳에

뿌리내리는 기쁨

───── 나만의
리틀 포레스트를 찾다

집을 구하기 위해 제주로 향하는 비행기를 탔다. 내려가기 전날까지도 제주의 부동산 매물이 올라오는 교차로 신문이나 오일장 신문 사이트를 확인했지만 큰 도움은 받지 못했다. 인터넷으로 집을 볼 수는 있어도 주변 환경이나 분위기까지 알기는 어려웠다. 수와 나는 제주를 한 바퀴 돌며 마음에 드는 동네부터 찾은 후, 그 동네에 있는 집을 알아보기로 했다.

제주에 도착해 첫 번째로 본 집은 서귀포시 효돈동에 위치한 2층짜리 단독 주택의 위층이었다. 거실 창밖으로 귤밭이 보여서 마음에 들었지만, 아래층에 주인이 살고 있다는 게 마음에 걸렸다. 아무래도 신경 쓰여서 그곳에서 살 수는 없을 듯했다. 그다음에는 평소에 찜해 두었던 동네인 사계리로 향했다. 사계리의 집들은 예산을 훌쩍 넘었고 어쩌다 본 괜찮은 집은 차도 앞이라 시끄러웠다. 아쉬운 마음을 안고 그날 묵을 숙소가 위치한 동네로 향했다.

그 동네에 들어가려면 언덕을 하나 넘어야 했다. 언덕에 올라 곡선 도로를 따라가는 데 설핏 바다가 보였다. 길을 따라 가는 내내 바다와 마을이 살짝 보였다가 사라지기를 반복했다. 잠시 후 내리막길에 접어들자 넓게 펼쳐진 마을과 푸른 바다가 한 눈에 들어왔다. 보여 줄 듯 보여 주지 않다가 마침내 모습을 드러낸 바닷가 마을의 풍경이 얼마나 아름답

던지. 감탄사가 절로 나왔다. 나만 반한 게 아니었다. 수 역시 나와 같은 마음이었다. 우리는 동시에 "여기다!" 하고 소리를 질렀다. 아마 애니메이션 〈마녀 배달부 키키〉 속에 나오는 바닷가 마을의 배경이 제주였다면 이런 모습이지 않을까. 우리는 지금까지도 이 길을 지날 때마다 OST인 〈바다가 보이는 마을〉을 듣곤 한다.

설레는 마음으로 가까운 부동산을 찾아갔고, 동네의 작은 이층집을 보게 되었다. 그 집의 첫인상은 깔끔했다. 벽지 대신 규조토 페인트를 칠했고 문도 창틀도 다 흰색이었다. 거실 통창 밖으로는 잘 가꿔진 마당이 보였다. 집주인과 마당을 공유한다는 건 아쉬웠지만 적어도 같은 건물은 아니었다. 집 앞에 작은 텃밭이 있다는 것도 매력 포인트였다. 이 집을 놓칠세라 다음 날 바로 계약금을 보냈다. 집을 많이 보지 않고도 마음에 드는 동네에 집을 구하다니 운이 좋았다. 돌아가는 비행기 안에서 쓸데없는 걱정들이 밀려왔지만, 2개월 뒤면 제주에서 살게 된다는 설렘이 더 컸다. 너무 멀리까지 생각하지 말고 차근차근 할 일들을 해 보자고 다짐했다.

집에 돌아와서 차근히 이사 준비를 했다. 이사업체 여러 군데에 전화해 견적을 받아 본 뒤 가장 친절하고 대화가 잘 통했던 업체와 계약했다. 더 저렴한 업체도 있었지만 먼 곳까지 가는 것이기에 가격보다 얼마나 꼼꼼하게 신경 써 줄지가 더 중요했다. 가져가지 않을 가구나 물건들은 미리 무료

나눔 했다. 제주에서는 편안하고 촌스럽게 살고 싶었다. 꽃무늬 시폰 커튼을 사고, 숲에 자주 가게 될 것 같아 옷과 모자도 새로 장만했다. 제주 생활에서 필수품이라기에 제습기도 미리 구매했다. 매일 '제주도민'이나 '제주살이' 같은 키워드를 검색한 후 도민들의 글을 읽으며 가 보고 싶은 곳을 차곡차곡 모아 두었다.

드디어 이사하는 날, 이른 아침부터 이삿짐센터 트럭에 짐을 모두 실어 보내고 우리도 제주로 떠날 채비를 했다. 우리는 완도에서 배를 타고 제주에 들어갈 계획이었다. 예민한 고양이 리리를 데리고 잘 도착할 수 있을까 걱정되어 미리 동물병원에서 처방 받은 안정제를 먹였다. 완도까지 다섯 시간 이상 가야 했지만 수와 함께 앞으로의 계획들을 이야기하며 달리다 보니 빠르게 도착한 기분이었다. 리리는 그동안 한 번도 이동장 밖으로 나오지 않았다. 힘들었는지 침을 조금 흘렸고 빨개진 코를 계속 벌름거렸다. 리리는 배 안에서도 울지 않았다. 리리가 생각보다 잘 버텨 주어 고맙고 미안했다. 제주항에 내려 다시 우리 차를 탔다.

"리리야, 조금만 참아! 우리 집에 가자!"

리리에게 말하고 신나게 동네까지 달렸다. 어느새 주위는 어둑해졌고 서귀포시로 들어서자 비까지 내리기 시작했다. 기분이 좋아서인지 빗소리도 경쾌하게만 들렸다. 집에 도착

하자마자 가장 작은 방에 들어가 문을 닫고 셋이 함께 쉬었다. 리리도 그제야 이동장에서 나와 밥도 먹고 화장실도 가고 여기저기 냄새를 맡으며 돌아다녔다.

다음 날 이른 아침부터 이삿짐센터 차량이 들어왔다. 이삿짐을 푸는 도중 쓰레기봉투가 필요해서 근처 슈퍼를 찾아 걸어가는데 저 너머에 바다가 보였다. 슈퍼 가는 길이 이렇게 황홀해도 되는 건가? 진짜 제주에 살게 되었다는 게 실감 났나. 이사를 무사히 마치고 한라산을 바라보며 인사했다.

"잘 부탁드립니다!"

제주에 살게 되니 특별한 일이 없어도 기분이 좋았다. 제주의 햇빛과 바람에는 사람을 들뜨게 하는 신비로운 기운이 있는 게 틀림없었다. 마침 봄에 이사를 해서 더 좋았는지도 모르겠다. 부동산 사장님이 집을 보러 가는 길에 자랑하듯 꺼낸 말이 떠올랐다.

"이게 다 벚나무잖아. 이 동네는 봄에 얼마나 아름다운지 몰라요. 공원이 있어서 걷기도 좋아."

그때는 흘려들었는데, 눈으로 확인해 보니 가슴이 두근거릴 정도로 아름다웠다. 땅에는 유채꽃이, 하늘에는 벚꽃이 가득한 길을 걸을 때마다 황홀했다. 휴대폰 사진첩에 아름다운 장면들이 차곡차곡 쌓이는 걸 보며 제주에 오길 잘했다고, 좋아하는 곳에서 살길 잘했다고 여러 번 생각했다. 그리고 꼭 거짓말처럼 제주에 온 첫날부터 깊은 잠을 잤다. 낮에 활발히 활동했기 때문일 수도 있지만, 심리적인 영향이 더 컸을 것이다. 이전보다 마음이 고요하고 평화로웠다. 캄캄한 밤에 잠들 수 있고, 아침에 눈을 뜰 수 있다는 것. 그처럼 감사한 일도 없다는 걸 다시금 깨달았다.

푹 쉬면서 에너지를 채우고 나니 앞으로의 계획을 세울 힘이 생겼다. 나는 수에게 목수가 되는 건 어떻겠냐고 제안했다. 함께 목공 수업을 들었을 때 잘하는 걸 봤고, 성격도 섬세해서 질 어울릴 거라 생각했다. 수도 흥미를 갖고 있던 분야라 목공을 배우게 되었다.

나에게도 새로운 꿈이 생겼다. 내가 찍은 사진을 다른 사람들과 나누고 싶다는 꿈, 내가 제주에서 치유받았듯 누군가 나를 통해 치유받길 바라는 꿈. 수와 나는 제주에 작은 가게를 열고 우리가 만든 물건을 팔고 싶다. 지금 나는 좋아하는 곳에서 편안해진 마음으로 하고 싶은 일을 하게 되어 감사한 마음뿐이다. 모두 제주가 준 선물이다.

─────── 노을빛
가득한 집

이층집에서 일 년을 살고 이사를 해야 할 시점이 왔다. 동네에 매물이 없어서 반경을 꽤 넓혀 보았지만 어딜 가도 빈집이 없다는 말만 돌아왔다. 포기하는 심정으로 들어간 마지막 부동산에서 지금의 집을 만났다.

　　이 집의 첫인상은 평범했다. 평소 내가 선호하던 남향집도 아니었고 내부도 좁아서 가지고 있던 짐을 대거 버려야 할 것 같았다. 그런데 단 하나, 서쪽으로 난 창문 밖으로 길게 늘어선 나무들이 눈길을 사로잡았다. 나무가 보인다는 이유 하나만으로 이 집을 선택했다. 나에게는 창밖으로 보이는 몇 그루의 나무가 다른 단점을 모두 커버할 정도의 가치가 있었다. 지금껏 방을 구하러 다닐 때마다 부동산에서 "다른 조건은 없고요?" 하고 물으면 "나무가 보이는 집이면 정말 좋겠어요."라고 말하곤 했지만, 이렇게 나무에 둘러싸인 집을 만난 건 처음이다.

　　이사 후 매일 아침 행복한 마음으로 창을 열었다. 봄이 되자 창밖 멀구슬나무에 보랏빛 꽃이 피었고, 종일 은은한 향기가 감돌아서 창문 여는 일이 더욱 즐거웠다. 일 년 뒤쯤이었나, 제주 곳곳에서 귤밭 방풍수로 조성했던 삼나무를 잘라내는 모습이 자주 보였다. 크게 자란 삼나무가 햇빛을 가려서 감귤의 당도가 떨어진다고 했다. 설마 했는데 우리 집 앞 귤밭에 있던 방풍수도 곧 사라졌다. 매일 창을 열고 나무를 보며 기쁨을 느꼈기에, 잘려 나간 나뭇가지가 쌓여 있는 모습을 보는 게 마음 아팠다. 그때는 잘려 나간 나무만 생각하느라 나무 뒤에 가려져 있던 너른 귤밭이 얼마나 아름다운지 보지 못했다. 며칠이 지나고 노을빛이 평소보다 강한 느낌에 창을 열었을 때, 그제야 빛을 받아 반짝이는 귤밭이 눈에 들어왔다. 해를 가리던 나무가 사라지자 노을이 방을 주홍빛으로 물들였고, 집 안에서 멀리 산방산까지 보이는 뷰를 갖게 되었다. 이렇게 아름다운 풍경은 재력이 있는 사람들만 가질 수 있는 거 아니었나. 순전히 운이 좋아 이런 풍경을 갖게 되니 얼떨떨했다. 그날 이후, 어떤 일이든 속단하지 않기로 했다. 어떤 슬픔이 어떤 기쁨을 데려올지, 어떤 기쁨이 어떤 슬픔을 데려올지 모르니.

풍경을 갖는다는 건 멋진 일이다. 하루 종일 집 안에만 있어도 지루할 틈이 없달까? 나는 서쪽으로 난 창과 북쪽으로 난 창 사이에 책상을 두고 두 개의 창 너머 세상을 즐긴다. 북쪽으로 난 창에는 우리 집 창문 높이와 비슷한 높이의 돌담이 있다. 돌담을 볼 때마다 모서리에 눈이 간다. 담벼락 끝자락에 위치한 돌 위에 동네 길고양이들이 종종 와서 쉬고 가기 때문이다. 돌에 굴곡이 있어 몸을 뉘이기 편한 것 같기도 하고, 마을을 내려다볼 수 있는 위치라서 좋아하는 것 같기도 하다.

비가 온 다음 날이면 파인 부분에 물이 샘처럼 고여서 새들이 샤워를 하거나 목을 축이는 모습도 지켜볼 수 있다. 돌담 위를 느긋하게 걸어가는 까투리와 그 뒤를 몰래 쫓아가는 고양이를 본 날에는 꼭 만화 속에 들어와 있는 것 같았고, 봄에 붉은 잎을 보여 주다가 여름이 오면 초록빛으로 물드는 저 나무의 이름이 홍가시나무라는 것도 알게 되었다.

북쪽으로 난 창으로 바깥의 소소한 풍경들을 볼 수 있다면, 서쪽으로 난 창으로는 너른 귤밭을 지켜볼 수 있다. 창문 크기만큼 하늘이 꽉 차 있어서 맑은 날이면 창을 활짝 열어 두고 멍하니 구름을 보며 걱정을 잊기도 한다. 무엇보다 이 창으로 들어오는 노을빛을 좋아한다. 막힌 것 없이 펼쳐진 초록 숲과 그 뒤로 지는 노을을 함께 볼 수 있다는 건 무엇보다 큰 기쁨이다. 우연히 서향집을 경험하게 되었지만, 앞으로도 서쪽 창이 있는 집에서 살고 싶다고 생각할 정도로 노을을 보며 하루를 마무리하는 삶에 만족한다.

이전에 살았던 집들로부터 집에 애정을 가지면 집도 나에게 힘을 준다는 것을 배웠다면, 이 집을 통해서는 자연 가까이에 사는 기쁨을 배워 간다.

—— 한 장면을
    오래 바라보는 마음

맑은 날이면 방에 창문을 활짝 열어 놓고 '하늘 멍' 시간을 갖는다. 주로 침대와 맞닿은 벽에 큰 쿠션을 두고 기대앉아 하늘을 바라본다. 구름이 흘러가며 조금씩 형태가 바뀌는 게 왜 그렇게 재밌을까? 구름의 움직임에 따라 방이 밝아졌다가 어두워지는 걸 지켜보기도 하고, 빛이 방 어디를 비추고 있는지에 따라 현재 시각을 예측해 보기도 한다. 방을 관찰하다 보니 서쪽으로 난 내 방 창문 기준으로 여름에 서북쪽으로 지던 해가 겨울에는 서남쪽으로 진다는 것도 알게 되었다.

가장 오래 하늘을 바라보는 시간은 해 질 무렵이다. 제주에 살기 전에는 그렇게 노을을 보고 싶었다. 캄캄해진 후 퇴근하던 날에도, 높은 건물에 가려 서쪽 하늘이 잘 보이지 않던 날에도 해가 지는 모습을 온전히 볼 수 있는 시간과 장소가 필요했다. 그럴 때마다 장필순의 〈애월낙조〉를 들으며 제주의 노을을 그리워했다. 오직 노을을 보기 위해 시간을 내서 제주를 찾을 때도 있었다. 제주 서쪽 해변에 앉아 노을을 제대로 마주할 때면 물속에 잠겨 있다가 수면 위로 올라온 사람처럼 긴 숨을 몰아쉬곤 했다.

제주에 사는 지금은 노을이 예쁘게 질 것 같으면 서쪽 해안으로 달려간다. 협재나 금능일 때도, 곽지일 때도, 이호테우일 때도 있지만 주로 대정에 간다. 운이 좋은 날에는 노을 지는 주홍빛 하늘과 뛰어오르는 돌고래 무리를 동시에 볼 수 있었다. 태양이 크다고, 하늘이 분홍빛으로 꽉 찼다고 입을 벌려 감탄하던 날도 있었다.

붉게 타오르던 해가 수평선 너머로 사라지면 노을을 보던 사람들은 모두 자리를 뜨지만 나는 매직 아워를 기다린다. 해가 지고 30분 동안 더 짙게 물드는 하늘을 볼 수 있는 시간이다. 가로등이 켜지고 고깃배에 등이 켜지는 낮과 밤의 경계, 마법 같은 순간 속에 있으면 특별한 일을 하지 않았더라도 그날 하루를 잘 살아 낸 것만 같다. 노을에는 그런 위로의 힘이 있다. 내 마음속 슬픔에도 색이 있다면 붉은색이 아닐까. 마음속 붉은 슬픔이 붉은 노을을 만나 잠시나마 안도한 것만 같다. 우리는 보통 자신과 닮은 것에서 위로받곤 하니까.

서귀포 치유의 숲을 걷다 보면 휴식 공간인 쉼팡에 닿는다. 이 공간에는 앉을 수 있는 벤치와 누울 수 있는 편백나무 침대가 여러 개 있다. 같은 숲이지만 걸으면서 보는 숲, 앉아서 보는 숲, 누워서 보는 숲이 조금씩 다르다. 편백나무 침대에 누우면 마음이 고요해져서 나도 모르게 두 손을 배 위에 가지런히 모으고 눈을 감게 된다. 눈을 감으면 바로 청각이 곤두선다. 귀를 쫑긋 세우고 숲속 소리를 흡수하다 보면 신기하게도 파도 소리가 들린다. 바람이 불 때마다 높게 솟은 나무가 흔들리는 소리, 나는 그 소리를 '숲 파도 소리'라 부른다. 숲 파도 소리를 듣고 있으면 까무룩 잠이 올 것만 같다.

　서귀포 자연 휴양림에서 캠핑을 하던 날에는 소나기가 쏟아졌다. 텐트 치기 전이라 비를 흠뻑 맞았지만, 웃음만 났다. 자연 현상으로 인해 벌어진 극적인 순간과 그때 만들어지는 예상치 못한 이야기들이 좋다. 재빨리 덱 위에 그늘막과 텐트를 쳐 놓고 캠핑 의자에 앉아 '비멍' 시간을 가졌다. 비를 맞아 촉촉해진 숲은 더 짙은 색감과 향기를 내뿜었다. 안개 가득 낀 숲을 바라보며 빗소리를 음악 삼아 마신 그날의 커피 맛은 최고였다.

　이런 일상을 보내면서 깨달았다. 나는 시간이 필요한 사람이었다. 고요하게 생각에 잠길 수 있는 나만의 시간이, 잠시 할 일로부터 떨어져 말랑해질 시간이 꼭 필요했다. 멍하니 있는 시간에는 과거의 일에 집착하지도, 오지 않은 미래를 꿈꾸지도 않았다. 그저 현재에 머물렀다. 내 모든 감각이 생생하고 선명해질 때마다 살아 있다는 건 이런 느낌이구나, 어렴풋이 느낄 수 있었다. 한 살 한 살 나이를 먹으며 알게 된 나에 대한 소중한 정보이다. 한때는 그런 줄 모르고 스스로를 게으른 사람이라고 생각하며 수없이 자책했다. 재충전할 시간이 필요해서 잠시 멍하니 있었을 뿐이라는 걸 알게 된 지금은 오히려 나에게 시간을 쥐여 주려고 노력한다. 멍하니 있는 시간을 갖게 된 후에 긍정적인 생각을 하거나 좋

은 아이디어가 떠오른다는 걸 이제는 안다.

　내 안에는 영화를 두 배속으로 보면서도 핸드폰을 만지작거리는 나와, 수평선 너머 사라지는 해를 유심히 바라보는 내가 존재한다. 이왕이면 한 장면을 오래 바라볼 줄 아는 내 모습을 자주 만나고 싶다. 세상을 훑어보기보다 자세히 바라보는 사람이고 싶다. 그러니까 나는 앞으로도 아름다운 풍경 앞에 자주 멈춰 서서 멍해질 작정이다.

───── 산책은 인생,
　　　 인생은 산책

며칠째 비가 오고 흐리다는 핑계로 집에만 있었다. 매일 나가서 걷는 것을 올해 목표로 삼아 놓고 이제 2월 말인데 벌써 게으름을 피우다니. 오늘은 아침에 눈을 떴을 때 창가에 해가 비치고 있었기에 꼭 나가야겠다고 생각했다. 며칠 전처럼 검은색 롱패딩을 입고 나갈까 하다가 회색 경량 패딩 점퍼 하나만 걸치고 나가기로 했다. 머리를 질끈 묶고 늘 그랬듯 눈을 보호하기 위해 선글라스를 챙겼다. 일어나자마자 맨얼굴로 나가서 걷는 일이 익숙해졌다.

제주에 오기 전에는 이렇게까지 편하게 돌아다니지 못했다. 아무리 동네라도 오고 가며 사람들을 많이 마주치다 보니 신경이 쓰였다. 거울 앞에서 모자를 골라 쓰고, 편하지만 너무 추레하지는 않은 옷을 골라 입었다. 그때는 산책로까지 가는 것도 일이었다. 집에서 나와 산책로까지 약 10분 정도 차가 쌩쌩 달리는 도로 옆을 걸어야 했는데, 가끔은 그 시끄러운 시간이 싫어 나가지 않기도 했다.

지금은 나가자마자 산책로인 데다 사람을 마주치는 일도 거의 없다. 덕분에 편안하게 산책하는 편이다. 제주에 살며 호사라는 단어를 자주 떠올리게 되었다. 자연 가까이에 살며 계절을 느낄 수 있다니 정말 호사스러운 삶이다.

제주에 비가 올 때 서울에는 눈이 왔다고 한다. 봄의 시작을 알리는 입춘도, 비가 내리고 싹이 튼다는 우수도 지난 시기. 사람들은 봄이 온 줄 알았는데 속았다며 아쉬워했다. 나역시 예전에는 계절의 변화를 느낄 새가 없었다. 단순히 눈이 오면 겨울, 벚꽃이 피면 봄이라고 생각했다. 하지만 이제는 봄이 선명히 보인다. 겨우내 방 안까지 닿지 않던 노을이 점차 진한 색으로 깊게 들어오기 시작했다. 귤밭에 날벌레들이 뭉쳐서 날아올랐고 창문을 열면 창틀에 무당벌레가 보였다. 돌담 너머 어느 집 마당에 매화가 핀 것도 봤다. 우리가 눈치채지 못하는 사이에도 자연은 계속 자기 일을 했고 봄은 서서히 움트고 있었다.

밖으로 나가니 잠시 찬 공기가 훅 끼쳤지만 몇 걸음만 걸어도 춥지 않은 날씨라는 걸 알 수 있었다. 경량 패딩을 입길 잘했다고 생각하며 선글라스를 꼈다. 한 발씩 내디디며 분주히 양옆을 두리번거렸다. 제일 먼저 눈에 띈 것은 유채꽃이었다. 11월이면 길가에 유채꽃이 보이지만 봄이 되자 더 많은 곳에 더 활짝 피어났다. 유채꽃 옆에 때 이른 보랏빛 갯무꽃도 하나둘 보이기 시작했다. 더 걷다 보니 노란 산수유나무가 보였고, 복숭아나무에 작은 연두색 새순이 올라오는 것도 봤다.

지천에 널린 봄의 신호들을 마주하다 문득 내 인생도 지금 이 계절과 비슷하지 않을까 생각했다. 때로는 매섭게 눈이 내려 겨울인 듯 느껴지지만, 해야 할 일들을 묵묵히 하고 있으니 곧 완연한 봄이 올 것이다. 매년 잊지도 않고 자기 할 일을 충실히 하는 자연을 보며 나도 조금 더 분발하기로 했다. 그리고 또 생각했다. 역시 산책하길 잘했다고. 걸어야 보이는 것들을 충분히 만끽하며 집으로 돌아왔다. 걷는다는 건 에너지를 쓰는 일일 텐데 어째서 산책 끝엔 에너지가 생기는 것일까. 신비한 일이라고 생각하며 기분 좋게 미뤄 둔 집안일을 시작했다.

—— 세상을 처음 만난
　　어린아이처럼

나에게 주어진 삶을 어떻게 살아야 할까? 이 질문에 답하는 건 오랜 시간 나의 화두였다. 나에게 얼마나 남았는지 모를 삶이 주어졌고 언젠가 마침표를 찍어야 한다면 사는 동안 잘 살고 싶었다. 어떻게 사는 게 잘 사는 것이냐는 물음에 정답은 없겠지만, 자신만의 정의를 내리며 살아가는 사람과 하루하루 건너듯 흘려보내는 사람의 삶은 다를 거라 생각했다. 나만의 정의를 세우기 위해 가장 먼저 찾은 단어는 행복이다. 마지막 순간에 후회가 남지 않으려면 사는 동안 행복해야 하니까. 질문은 자연스레 이어진다.

'그렇다면 나는 언제 가장 행복한가?'

제주에 온 첫해 여름이었다. 날씨가 화창해서 피시앤칩스와 새우 타코를 포장하고 맥주도 두 병 사서 수와 함께 테라스에 앉았다. 푸른 하늘을 보며 맥주를 마시니 기분 좋은 나른함이 몰려왔다. 해가 질 무렵까지 앉아서 수다를 떨다가 자리를 정리했다. 거실로 들어와 소파에서 쉬고 있었다.

잠시 후 흰색 시폰 커튼 너머로 심상치 않은 색감이 은은히 퍼졌다. 커튼을 걷으니 분홍색과 보라색이 섞인 오묘한 빛으로 하늘이 온통 물들고 있었다. 그 빛을 받은 마을 풍경도 평소와 다르게 몽환적이었다. 급하게 밖으로 뛰쳐 나갔지만 노을은 금세 사라졌다. 테라스에 조금 더 앉아 있었다면, 커튼을 조금 더 빨리 걷었다면 노을을 놓치지 않았을 거라는 아쉬움이 몰려왔다. 그날 스쳐간 건 그냥 노을이 아니라 내 생애 가장 아름다운 노을이었다. 아직도 그날만큼 아름다운 노을은 만나지 못했지만, 언젠가 더 아름다운 노을을 볼 수 있을 거라 기대하며 해 질 녘마다 하늘을 확인하는 습관이 생겼다.

두근대는 마음으로 노을을 쫓던 그날의 강렬한 느낌은 분명 행복감이었다. 노을을 보는 게 무슨 행복이냐 묻는 이들도 있겠지만, 내 행복은 그런 사소함 속에 있다. 나는 계절감을 느끼고 오늘의 아름다움을 충분히 누릴 때 생생히 살아 있다고 느낀다. 살아 있다는 감각은 행복하다는 증거였고, 지금 잘 살고 있는가를 판단할 때 중요한 기준이 되어 주었다.

어느 봄날에는 내 삶의 목적이 예술을 향유하는 데 있다는 걸 깨닫기도 했다. 이유는 모르겠지만 그런 생각이 찾아와 마음속에 꽉 차올랐다. 그날의 분위기와 맞아떨어지는 음악에 취하고, 마음을 어루만지는 문장을 만나고, 꿈 같은 영화 속 세상에 몰입하며 살고 싶었다. 그런 마음을 깨닫고부터 한정된 시간을 함부로 쓰고 싶지 않다. 세상의 아름다움을 하나라도 더 찾고 음미하는 데 시간을 쏟고 싶다.

언젠가 일기장에 '산다는 걸 느끼면서 춤추듯이 살고 싶다'라고 썼다. 움츠리지 말고 춤추듯이 살며 나와 세상을 조금

더 알고 싶다. 한 발짝이라도 가까이 다가가고 싶다. 그리고 먼 훗날 이런 나의 감정, 생각, 경험이 모여 어떤 무늬를 완성하게 될지 못내 궁금하다.

결국 내가 정의 내린 '잘 사는 삶'은 살아 있음을 느끼며 사는 삶이다. 세상의 아름다움에 자주 감탄하고, 작은 일에서 행복을 느끼는 사람이 되고 싶다. 그런 모습을 떠올리자 어린아이들이 생각났다. 길가에 쭈그리고 앉아 줄지어 가는 개미 떼를 바라보고, 물웅덩이만 보면 첨벙첨벙 발 장난을 하는 어린아이. 처음 만난 세상이 그저 재밌고 신기해서 짧은 길을 지나는 데도 오랜 시간이 걸리는 어린아이. 내가 되고 싶어 하는, 산다는 걸 느끼며 자주 행복해하는 사람이 바로 그런 아이들이라고 생각했다.

아이들은 세상을 느끼면서 살아간다. 처음 경험하는 것투성이라 두려워하면서도 호기심 어린 눈으로 세상을 바라보고 배워 나간다. 누구에게나 그런 어린 시절이 있었지만 그때의 마음을 쉽게 잊곤 한다. 여러 번 해 본 일은 쉽게 지루해지기 마련이고, 현실의 중압감에 시달려 어린 시절에 무엇을 좋아했는지 떠올릴 겨를조차 없다.

나 역시 세상이 놀이터이던 어린 시절의 기억을 잃어 간다고 느낄 때가 있었다. 그때마다 정작 중요한 무언가를 놓친 채, 바쁘다는 걸 위안 삼아 살아가는 건 아닐까 걱정되었다. 무감각한 사람이 되고 싶지는 않았기에 세상을 처음 만났을 때와 같은 마음을 잃지 않겠노라 다짐했다. 생각이 이어져 나만의 좌우명을 하나 만들었다. '세상을 처음 만난 어린아이처럼 살자'. 이 말은 산다는 걸 느끼며 살자는 나의 다짐이다.

어제 하루와 오늘을 똑같이 사는 게 아니므로 매일매일이 유일한 하루다. 매일 노을을 볼 수 있지만 어제의 노을과 오늘의 노을은 형태도 색깔도 전혀 다르다. 그러니 어린아이들처럼 세상을 보며 감탄할 이유가 충분하다. 어쩌면 경험을 차곡차곡 쌓아 온 어른이기에 아름다움을 보는 눈은 더 영글었을 것이다. 벚꽃을 처음 봤을 때 느끼는 아름다움도 있지만, 꽃이 피기까지 나무가 보낸 시간을 헤아리게 되면 또 다른 아름다움을 볼 수 있다.

며칠 전, 산책하다가 노란 유채꽃이 바람에 흔들리는 사소한 장면을 보고 울컥했다. 춤을 추듯 살랑거리는 꽃이 아름다웠고, 그 아름다움이 내 눈에 들어와 주었고, 충분히 감상할 시간과 마음의 여유가 있어서 행복했다. 그날 내가 본 건 유채꽃이 아니라, 그 너머 내가 만나고 싶었던 아름다운 세상이었는지도 모르겠다. 세상은 아름다움으로 가득 차 있고, 그 아름다움을 발견하는 건 오롯이 내 몫이라는 걸 온 마음으로 느꼈다.

나는 타성에 젖은 사람이 되고 싶지 않다. 요새는 웃을 일도 없다고, 만사가 시시하다고 말하고 싶지 않다. 내 안에 세상을 처음 본 어린아이를 위한 공간을 언제까지고 남겨 둘 생각이다. 그 아이가 계속 세상의 아름다움을 포착해 주길 바란다. 내가 정말 갖고 싶은 건 낡거나 녹슬지 않는 반짝이는 마음이니까.

───── 책상
예찬

아침부터 부슬비가 온다. 가라앉은 공기만큼 차분해진 마음으로 침구를 정리하고 청소기로 바닥을 민다. 다른 일들을 하느라 소진된 상태로 책상 앞에 앉고 싶진 않다. 눈에 거슬리지 않을 정도로만 정리한 뒤 의자를 빼서 책상 앞에 앉는다.

책상 앞 창문을 통해 흙냄새와 나무 향이 동시에 들어와 나도 모르게 숨을 크게 들이마셨다. 살짝 서늘해도 상쾌한 날이라 창을 닫는 대신 카디건을 걸쳤다. 갑갑한 건 질색이라 눈이 오는 추운 날에도 두툼한 옷을 챙겨 입고서 창을 열어 두는 편이다.

날이 흐려서 방이 어둡지만 그렇다고 너무 밝은 건 싫어서 책상 위 스탠드만 하나 켜 두었다. 노란색 불빛이 이 자리를 포근하게 밝혀 준다. 지금 내 책상 위에는 사 놓고 몇 달째 읽지 않은 책들, 흰색 갓을 쓴 단 스탠드, 오트 콜드 브루가 담긴 민트색 텀블러, 안경과 핸드크림, 블루투스 스피커, 이 글을 쓰고 있는 10년 된 맥북이 놓여 있다.

스피커에서는 다이지로 나카가와(Daijiro Nakagawa)의 〈Voyager〉가 흘러나온다. 부드러운 기타 연주가 오늘 날씨와도 참 잘 어울린다고 생각하며 커피를 한 모금 마셨다. 기분 좋은 달달함이 퍼진다. 이제 나만의 세계로 한 발짝 디딜 준비가 끝났다. 책상과 컴퓨터가 있으니 나는 어디로든 갈 수 있다. 키보드에 손을 올리는데 늘 조용하던 윗집 사람들이 오늘따라 쿵쿵거리며 돌아다닌다. 신경이 쓰이지만 그래도 오늘치 할 일은 해야 한다, 이 책상 앞에서.

인생을 통틀어 아주 긴 시간을 책상 앞에 앉아 있었다. 책상 앞에서 푼 문제집이 몇 권이고, 쓴 연애편지가 몇 장이며 다 채운 일기장이 몇 권인지 모른다. 그뿐인가. 수많은 계획을 세우고 꿈을 꾸었다. 줄곧 사람을 좋은 곳으로 데려가 주는 건 책상과 의자라고 느낀다. 5만 원짜리 조립식 책상 앞에 앉아 있더라도 책상은 내게 용기를 주었고 내가 갈 수 있는 가장 멋진 곳으로 데려가 주었으니까. 책상 앞에 앉아 노트를 펴고 생각을 적어 내려 갈 때마다 나는 삶을 위해 노력하는 멋진 사람이 되어 갔다.

물론 식탁이나 도서관, 카페에 잠시 내 자리를 만들 수도 있지만, 이 책상은 온전히 나만을 위한 자리다. 이 넓은 세상에 내가 있을 곳 하나 없다고 느껴지는 순간에도 책상을 보며 자리를 찾는다. 여기가 바로 내 자리이며 이곳에서 시간을 보낼 때만큼은 아무도 나를 방해할 수 없다고.

인생을 살며 자신의 꿈을 이루는 것만큼 꿈에 닿기까지의 과정도 중요하다면 꿈을 꾸며 수많은 시간을 보낸 이 책상 앞이야말로 가장 중요한 장소일 것이다. 돌아보니 캄캄한 밤, 책상 위 스탠드 불빛에 의지한 채 꿈꾸던 시간만큼 멋진 시간도 없었다.

이쯤에서 내 책상을 소개해야겠다. 내 책상은 목수인 수와 상의해서 만든 세상에 하나뿐인 책상이다. 화이트 오크로 만들고 초콜릿색 모노코트 오일을 칠해 완성했다. 너무 크지도 너무 작지도 않은 적당한 크기를 고민하다가 가로 1,000mm에 세로 600mm 사이즈로 만들었다. 서랍을 두 개 넣어 실용적이고 다리는 조립식으로 만들었다.

이 책상은 한눈에 보기에도 단단하고 묵직하다. 가볍지 않고 믿음직한 느낌. 상판을 손으로 쓸어 보면 매끈하면서도 나무의 결이 그대로 느껴진다. 다른 일을 하다가 불현듯 그 촉감이 그리워져 책상 여기저기를 쓸어 보기도 한다. 의자도 책상과 같은 나무로 만들었다. 일반적인 사이즈보다 조금 더 널찍하게 만들어서 앉았을 때 안정감이 있다. 이 책상이 내 눈에만 특별한 건 아닌 듯하다. 많은 사람이 책상이 마음에 든다며 어디에서 샀는지 묻곤 하니까. 제작했다고 말하면 다들 어쩐지 특별해 보였다고 말해 주는 통에 어깨가 자꾸만 올라간다.

책상과 의자를 만들 당시 수중에 여윳돈이 없었지만 모험하듯 백만 원을 뚝 떼서 투자했다. 초록 식물들로 가득한 바깥 풍경과 어우러지는 짙은 색감의 원목 책상을 갖고 싶었기 때문이다. 나와 오래 함께해 줄, 같이 늙어 갈 책상을 만들고 싶기도 했다. 구상부터 집에 배치하기까지 두 달 가까운 시간이 필요했지만 의미 있는 책상이 만들어져서 다행이다. 매일 아침, 마음에 드는 책상 앞에 앉아 사부작거리는 행복이 쏠쏠하다.

살아 보니 남들이 다 가지고 있어도 나에게 필요 없는 게 있었다. 화장대, TV, 전자레인지 같은 것들이 그랬다. 반면 책상은 꼭 필요했다. 공부를 할 일이 없어지면 책상을 치우기도 하지만 나는 죽을 때까지 책상 곁에 있을 테다. 앞으로도 많은 꿈을 꾸고 싶기 때문에.

내 방 창가와 책상을 본 누군가가 말했다.

"글을 쓰시면 좋겠네요."

저절로 글이 쓰일 것 같은 분위기를 가진 곳. 지금 내가 있는 곳은 그런 곳이다. 열린 창 너머 빗소리를 들으며 글을 쓰는 오후, 지금만큼은 누구도 부럽지 않다.

.

화순곶자왈은 내가 가장 자주 방문하는 숲이다.
도시 사람들이 '심심한데 백화점에나 가 볼까'
할 때, 나는 '심심한데 화순곶자왈에나 가 볼까'
생각한다. 이곳에 자주 가는 이유는 단순하다.
아름다우니까! 마치 놀이동산에 가듯 설레는
마음으로 곶자왈에 방문한다.

이곳에 갈 때면 기본 순환 코스를 걷는다. 입구를
통과해 걷다가 목재 계단을 올라가면 그때부터
본격적인 곶자왈 탐방이 시작된다. 울퉁불퉁한
돌바닥 위로 자유분방하게 사라는 나무, 이끼와
고사리, 숲을 뒤덮은 콩짜개덩굴을 보면서
원시림을 느끼다 보면 애니메이션 〈센과 치히로의
행방불명〉의 OST 〈One Summer's Day〉가
귓가에 들리는 것만 같다. 곶자왈의 식생을 보고
있으면 예술 작품을 감상하고 있다는 착각이 들
때가 있다. 미술관에 온 사람처럼 천천히 걸으며
풍경을 감상한다. 초록을 마음에 가득 채우고
들어왔던 입구 쪽으로 다시 돌아가는 길에는 오늘치
아름다움을 눈에 담았다는 뿌듯함이 느껴진다.
곶자왈에 갈 때마다 제주에 여행 온 사람들은 다
어디에 가 있는 건지 궁금해지곤 한다. 왜 이렇게
아름다운 숲에 아무도 없을까? 나야 호젓하게
산책할 수 있어서 좋긴 하지만, 더 많은 사람이
곶자왈의 아름다움을 느꼈으면 하는 바람이다.

제주에서 가장 좋아하는 드라이브 코스를 꼽으라면
비자림로를 빼놓을 수 없다. 이름은 비자림로이지만
도로 양옆으로 쭉 뻗은 삼나무를 보며 드라이브할
수 있다. 이 길은 언제 가도 아름답지만, 겨울이면
찾는 사람들이 더 많아진다. 눈이 내리면 초록색
삼나무 위로 흰 눈이 소복이 쌓이는데, 그 모습이
장관이기 때문이다. 그때만큼은 이곳을 지나가는
차들 모두 약속이나 한 듯 천천히 달리며 이국적인
풍경을 즐긴다. 지난 크리스마스에도 비자림로에
갔다. 마침 이곳을 지나던 빨간색 버스를 보고
소리를 질렀다. 초록 숲과 흰 눈 그리고 빨간색
버스라니. 지금 생각해도 낭만적인 풍경이었다. 눈이
소복히 쌓인 삼나무는 마치 대형 크리스마스트리
같다. 제주에 살면서 도시에 살 때처럼 화려한
트리를 보기는 어렵지만, 자연이 만들어 낸
크리스마스트리를 보는 일이 나는 더 좋다. 겨울날,
교래 입구 삼거리부터 명도암 입구 삼거리까지를
여러 번 왕복하며 삼나무 숲을 즐기는 건 나의 작은
낭만이다.

물영아리 오름

제주에는 대략 360 군데의 오름이 있다고 한다. 그중 내가 가 본 오름은 스무 군데 정도 되려나. 많은 오름을 경험하고 싶다는 꿈도 있지만, 아직까지는 가 보았던 오름을 여러 번 다시 찾는 일이 더 좋다. 좋아하는 장소의 모습이 계절이나 날씨에 따라 변하는 모습을 보는 일도 재미있기 때문이다.

내가 가장 자주 가는 오름은 물영아리 오름이다. 물영아리 오름 앞에는 초록 풀이 가득한 너른 목장이 있다. 오름에 닿으려면 이 목장의 둘레길을 걸어가야 한다. 걷는 내내 초원에서 쉬고 있는 소, 노루, 꿩을 관찰할 수 있다. 잔잔히 들려오는 풀벌레 소리를 들으며 둘레길을 걷다 보면 마음이 편안해진다.

오름에는 여러 번 올라 보았기 때문에 이제는 주차장에 차를 세워 놓고 오름 입구 둘레길만 걷다 올 때도 있다. 멀리서 삼나무가 빼곡한 오름과 낙원 같은 초원을 한눈에 담기만 해도 반은 본 것이나 마찬가지일 정도로 아름답다. 이곳은 맑은 날에도 멋지지만 눈이 오거나 비가 오는 날 더 생각난다. 특유의 신비로운 분위기가 극대화된 멋진 풍경을 만날 수 있기 때문이다. 제주를 여행할 때 마침 비가 내린다면 물영아리 오름에 가 보길 추천한다.

이름부터 아름다운 서귀포 치유의 숲. 내가 가 본
제주의 숲 중 가장 웅장하고 아름다운 숲이다.
삼림욕을 하기에도 좋고, 날 것의 자연을 느끼며
힐링하기에도 좋다. 무장애길이 있어서 누구나
편안하게 숲을 거닐 수 있다는 점도 매력이다.
치유의 숲은 예약제로 운영되어 미리 예약하고
방문해야 한다. 그래서 예약해 둔 날 날씨를 정확히
예측할 수 없다. 내가 이곳을 처음 방문했던 날은
푸르른 5월이었다. 흙을 밟고 진한 숲향을 맡고
자연의 소리를 들으며 심신이 치유되는 기분을
느꼈다. 두 번째 찾았던 날에는 비가 쏟아졌다.
우중의 숲을 경험한 건 그날이 처음이었는데, 볼 게
없을 거라는 예상과는 달리 안개가 자욱하게 깔린
숲이 얼마나 아름다운지 온몸으로 경험했다.
그 뒤로 이곳은 날씨와 상관없이 시간만 되면
예약해서 즐기고 싶은 장소가 되었다. 치유의
숲에서 피톤치드 향을 맡으며 진하게 힐링해 보시길
바란다.

4

마음이

가리키는 대로 살기

—— 사랑스러운 둘째
리아

리리가 고양이별로 떠난 날은 아침부터 날씨가 맑았다. 아픈 리리를 데리고 병원을 오가는 내내 흐린 날이 계속되었는데, 그날은 눈이 부시도록 하늘이 맑아서 '운수 좋은 날'이 되진 않을까 내심 불안했다. 내 걱정 때문이었을까. 리리는 붉은 달이 떠 있던 청명한 그 밤에, 죽음이 무언지도 모르는 얼굴로 떠났다. 리리가 화장실에 가는 모습도 마지막, 나를 힘껏 불러 주었던 것도 마지막, 억지로 입에 넣어 주던 습식 사료도 마지막. 모든 순간에 마지막이라는 단어가 붙었다.

리리는 내가 태어나 가장 사랑한 존재였다. 리리가 아프다는 걸 알았을 때 생전 처음 겪는 공포감에 종일 몸이 덜덜 떨렸고 계속 눈물만 났다. 리리가 떠난 뒤에는 슬픔보다 더 큰 슬픔과 허무가 파도처럼 나를 덮쳤다. 당장 집이 다 불타 버리더라도 아쉬울 게 없을 정도로 삶의 의미를 잃었다. 무엇보다 죄책감이 커서 아무런 일도 할 수 없었다. 수와 나는 리리가 없는 텅 빈 집에 있는 일이 힘들었다. 되도록 집에 있지 않으려고 노력하며 아무 데나 돌아다녔다. 우리는 말수가 줄었고 서로를 걱정했다.

그렇게 4개월이 지난 어느 날, 수와 차를 타고 가다가 반대편 도로에 삼색 고양이가 누워 있는 걸 발견했다. 제주에 살면서 로드킬 당한 동물들을 많이 본다. 그때마다 120을 눌러

민원 콜센터에 전화를 걸었다. 도로의 위치를 알려 주며 처리를 부탁하곤 했다.

그날은 그런 일을 할 정도의 에너지가 없어서 못 본 척 지나치고 싶었는데, 수가 기어이 차를 돌렸다. 나는 차를 멀찌감치 세워 달라고 부탁했다. 혼자 고양이를 살피러 갔던 수가 한참 쭈그리고 앉아 있더니 다시 차로 달려와서 말했다.

"살아 있어."

설마 살아 있을 줄이야. 급히 차를 뒤져서 밭일할 때 쓰던 챙이 넓은 모자를 하나 찾아 달려갔다. 가까이 다가가니 확실히 움직이는 게 보였다. 병원에 데려가려고 조심스레 들어 올리자 온몸으로 거부하며 내 손을 콱 물었다. 손에서 피가 났지만 끝까지 손을 놓지 않고 모자 안에 넣었다. 평소 리리에게 많이 물려 본 게 도움이 되는 날도 있었다.

고양이를 데리고 병원에 가 보니 크게 다친 건 아니지만 앞다리가 부러졌다고 했다. 1kg도 안 되는 작은 고양이는 곧 수술실로 들어갔다. 우리는 오래전부터 리리 동생이 삼색 고양이였으면 좋겠다고 생각하며 이름까지 '리아'라고 지어 두었다. 그래서 리리리아(닐리리아) 남매라고 부르자고 농담을 했는데, 정말 삼색 고양이를 구조하게 되다니 우연같지 않았다. 고양이는 곧 리아라는 이름을 갖게 되었다.

뼈가 붙을 때까지 움직임을 최소화해야 한다고 해서 큰 철창을 하나 샀다. 철창 안에 쉴 수 있는 푹신한 담요를 깔고 그 옆에 화장실과 밥을 놓아 주었다. 영문도 모르고 좁은 공간에 갇힌 리아는 얼마나 답답했을까. 꽤 사납게 굴긴 했지만 잘 버텨 주어 기특하기만 했다. 한 달이 지나 철창을 철거하고 그 자리에 쉴 수 있는 숨숨집(고양이 집)을 마련해 주었다. 리아는 겨우내 그 안에만 머물렀다. 내가 곁에 있으면 밥을 먹으러 나오지도 않았을 정도로 경계심이 강했다. 그렇게 리아가 숨숨집 안에서만 지냈던 시간이 반 년이다.

언제쯤 친해질 수 있는 걸까. 조바심이 날 때쯤 리아가 숨숨집 밖으로 나왔다. 심심한지 숨숨집에 달려 있던 인형을 가지고 혼자 놀기 시작했고, 침대로, 거실로, 다른 방으로 차츰 반경을 넓혀 가며 집 안을 탐색했다. 그 모습을 보는 내 마음에 기쁨이 차올랐다. 리아를 돌봤던 시간은 나를 돌보는 시간이기도 했다. 리아 때문에라도 억지로 몸을 일으켰고, 함께 시간을 보내면서 웃게 되었으니 내 몸과 마음도 조금씩 치유된 셈이었다.

리리는 겁이 많았다. 병원에 가는 걸 극도로 무서워했고 천둥 번개가 치면 후다닥 옷장 안에 숨곤 했다. 애정 표현을 많이 하지는 않았지만 내가 침대에 누우면 다리에 기대 쉬고, 책상에 앉으면 책상 밑에서 졸던 리리의 담백한 애정 표현이 좋았다. 리리를 보고 있으면 겁이 많고 살갑지 못한 내 모습이 겹쳐 보였다. 나와 닮은 리리라서 더 사랑했고 편안

하게 해 주고 싶었다.

반면 리아는 애정 표현이 과격한 편이다. 헤드 버팅을 격하게 해서 가끔 코가 아프고, 아무 때나 엉덩이를 들이대고, 안기기를 좋아한다. 하루 종일 골골송을 부르고 대답은 또 얼마나 잘하는지. 목이 쉬는 건 아닌지 걱정이 될 정도로 말이 많다. 보고 있으면 사랑이 참 많은 아이라는 게 느껴진다. 나에게는 리리와 리아의 다른 면이 다 소중하고 예쁘다.

지금도 리아는 내 곁에 앉아서 함께 놀자며 울고 있다. 마음이 조급하지만 이 말은 써야겠다. 어쩌면 리리가 그만 슬퍼하라고 우리에게 리아를 보내 준 것 같다. 말도 안 되는 이야기일지라도 리아의 촉촉한 코가 내 얼굴에 닿을 때마다, 나는 꼭 그렇게 믿고 싶어진다.

—— 나는
분위기를 사랑해

좋아하는 영화가 무엇이냐는 질문을 받으면 〈빅
피쉬〉가 가장 먼저 떠오른다. 진실만 중요하게 여기던 고지
식한 나를 한 방 먹인 영화이기 때문이다. 영화에는 평생 자
신의 모험담을 늘어놓던 아버지 에드워드와 아버지의 이야
기는 모두 허풍이라고 생각하는 아들 윌이 등장한다. 에드워
드는 윌이 태어나던 날의 환상적인 이야기를 들려주곤 했다.
자신의 금반지를 삼키고 달아났던 커다란 물고기에게서 반
지를 다시 찾았다는 믿기 힘든 이야기였다. 윌은 진실을 알
려 달라고 부탁하지만 에드워드는 같은 말만 반복할 뿐이다.
에드워드는 윌의 결혼식에서도 커다란 물고기 이야기를 꺼
냈다. 아버지의 허풍을 더 이상 견딜 수 없었던 윌은 에드워
드와 다투게 된다. 영화는 윌이 에드워드에 대한 오해를 풀
어 가고 결국 이해하게 되는 과정을 아름답게 그려 냈다.

에드워드가 허풍만 떠는 사람은 아니었다. 그는 진실을 기
반으로 재미있는 이야기를 더해 자신을 모험가로 만들었다.
조미료 같은 허풍은 재미없는 사실도 빛나는 이야기로 변모
시키고 듣는 이의 마음 깊은 곳에 잠자고 있던 환상을 깨워
줄지도 모른다. 이런 허풍에는 낙관과 유머가 포함되어 있어
마냥 미워할 수 없다. 허풍의 귀여운 면모를 안다면 낚시꾼
들이 얼마나 큰 물고기를 잡았는지 이야기할 때 미소를 지으
며 들어 줄 수도 있다. 시시한 이야기보다 그 편이 훨씬 재밌
으니까. 늘 진실만 바라보며 힘을 주고 살 이유는 없다. 누구

에게나 말랑해질 시간이 필요하다.

영화를 보고 나서 내가 종종 꽃을 사고, 밤에 초를 켜 두고, 집을 가꾸는 이유를 설명할 수 있을 것 같았다. 나는 〈빅 피쉬〉의 에드워드처럼 내 삶에 특별한 이야기를 더하고 싶었다. 어떤 날들은 무료해서 스스로 특별한 이야기를 만들지 않으면 그저 그렇게 흘러간다. 그래서 우리는 크리스마스를 앞두고 트리를 준비해 빛나는 전구를 달아 두고, 사랑하는 사람이 행복하길 바라는 마음으로 깜짝 이벤트를 준비한다. 그런 노력이 따분한 하루하루를 조금씩 특별하게 만들어 내기 때문이다.

여름이면 우리 동네 바닷가 앞에 계절음식점이 열린다. 계절음식점은 두 달 정도 반짝 운영하고 철거하는 가게이다. 비어 있던 잔디밭에 테이블이 하나둘 놓이고 조명이 들어오면 그제야 정말로 여름이 온 것 같다. 수와 바닷가에 산책을 나갔다가 계절음식점을 보게 되었다. 왠지 비쌀 것 같아 쭈뼛쭈뼛 가격표를 보다가 여름밤을 즐기고 싶어 '에라 모르겠다' 하고 자리에 앉았다. 그곳에서 준치오징어를 처음 먹어 보았다. 안주를 가져다주신 분이 차귀도에서 직접 가져온 거라며 말을 걸어 주셨다. 준치는 반건조 상태라 무척 부드러웠다. 마요네즈에 한 번, 초장에 한 번 찍어 먹다 보니 맥주가 달달하게 느껴졌다. 그날 준치는 내가 좋아하는 안주 순

위 상위권에 안착했다. 분위기에 취하자 왠지 여행 온 것 같은 기분이 들기도 했고, 마음이 들떠 더 다정한 대화가 오고 갔다.

"내년 여름에도 여기서 준치 먹자!"

우리는 추억을 하나 더 공유했다. 같은 안주라도 배달 시켜 먹는 게 더 저렴하지만 이런 낭만을 느낄 수 없다는 걸 잘 알고 있다. 평범했던 하루에 재미난 이야기를 하나 더한 날은 왠지 기분이 좋다.

매일 똑같은 해가 떠오르는데 1월 1일의 일출을 보러 먼 길을 가는 사람들도 같은 마음 아닐까. 그들은 다른 사람들 틈에 껴서 새해 분위기도 느끼고, 떠오르는 해를 보며 새로운 한 해에 대한 희망도 가져 볼 것이다. 새해 첫날부터 자기만의 이야기를 써 내려 가는 것이다. 일찍 일어나야 하고, 일출이 잘 보이는 곳까지 이동해야 하고, 사람들이 북적북적해서 불편했을 수도 있다. 그런 것들을 다 감수하고 추억을 쌓는 일. 그런 게 낭만이고 세상 사는 맛인 것 같다.

나이가 든다는 건, 누가 마법처럼 내 하루를 바꿔 주지 않는다는 걸 깨닫게 되는 일인지도 모르겠다. 가끔 우연히 마법 같은 일이 생기기도 하지만 나의 소중한 추억 대부분은 스스로 몸을 움직여 얻은 결과였다. 나의 하루가 특별해지길 바란다면, 특별한 일을 계획해 보자. 내가 만든 분위기 있는 순간이 모여 낭만적인 삶이 된다고 믿는다.

—— 하루를 살더라도
집답게

처음 리리와 살 집을 마련하고 집에 애정을 쏟던 시간이 떠오른다. 인테리어 참고 이미지를 모으고, 오래된 벽지를 교체하고, 현관문에 페인트를 칠하고, 화훼 단지에서 식물을 사다 날랐다. 집이 나날이 예뻐지는 모습을 보고 있으면 내 삶을 가꾸고 있다는 만족감이 차올랐다. 그런데 가끔씩 어린 시절에 부모님이 했던 말이 생각났다. 우리 집도 아닌 남의 집에 왜 돈을 들이냐던 말.

그 말이 생각날 때마다 타오르던 열정이 사그라드는 기분이었지만, 포기하지 않고 차분히 내 마음을 들여다보았다. 그때마다 항상 같은 목소리가 들려왔다. 내가 살 공간을 가꾸는 일이 잘못일 리 없다는 단호한 목소리였다. 마음에 들지 않는 집에서 몇 년을 견디며 살고 싶지는 않았기에 용기를 내 집을 가꿔 나갔다. 하루를 살더라도 나를 닮은 집에서 살아 보자고 다짐하며.

나와 닮은 집을 꾸리기 위해 가장 먼저 스스로에게 어떤 집을 원하는지 물었다. 나를 파악하는 데 평소 마음에 드는 인테리어 사진을 모아 두던 습관이 도움이 되었다. 지금까지도 기억나는 사진이 있다. 흰색 침구를 덮은 원목 침대가 있고 침대맡 벽에 벽걸이 시디플레이어 하나만 걸려 있는 단정한 침실 사진이었다.

흰 벽, 호텔에서 쓸 법한 흰색 침구, 부드러운 색감의 원목 침대, 군더더기 없는 디자인의 시디플레이어까지. 사진만 봐도 설레었던 걸 보면 분명한 내 취향이었다. 그대로도 예뻤지만, 침대 옆에 원목 테이블을 놓고, 무심하게 초록색 식물도 놓아 두면 더 예쁠 거라고 상상했다.

다른 이의 집 사진을 보며 영감을 얻는 것만큼 좋아하는 브랜드의 이미지를 떠올려 보는 것도 도움이 되었다. 시디플레이어를 통해 알게 된 브랜드 '무인양품'의 단정한 느낌이 마음에 들어서 나의 집도 비슷한 느낌이길 바랐다. 물건을 살 때도 긴가민가할 때마다 이 제품이 무인양품에 있다면 어울릴까 생각하며 힌트를 얻었다. 이런 시간을 거치며 내가 단정하고 여백이 있는 공간을 꿈꾼다는 걸 알게 되었다.

그렇다고 단정하기만 한 공간은 심심해서 싫었다. 어릴 적에는 드라마 〈달콤한 나의 도시〉 속 '오은수'의 집을 좋아했다. 그 집은 여백 없이 가구와 소품이 아기자기하게 채워진 귀여운 분위기의 집이었고 단정과는 거리가 멀었다. 단정한 것도 좋지만 아기자기한 것도 내 취향이었다. 결국 '단정하지만 군데군데 아기자기하게 꾸민, 사랑스러움이 한 스푼 들어간 집'을 만들어 보기로 했다.

원하는 콘셉트를 정하고 나니 물건을 사는 일이 조금 수월해졌다. 화려하거나 차가운 소재의 물건은 피하고, 디자인이 단순하고 사랑스러운 분위기의 물건만 구매하면 되었으니

까. 가장 마음에 들었던 건 로망을 실현하기 위해 구매한 흰색 침구였다. 시원해지는 흰 색감과 덮었을 때 느껴지던 바스락거리는 촉감이 참 좋았다. 무늬가 화려한 차렵이불만 써오다가 호텔에서 쓸 법한 침구를 갖게 되니 나를 대접하는 기분까지 들었다. 침구처럼 자주 쓰는 물건의 질은 생활 만족도에 큰 영향을 끼쳤다. 침구 하나 바꿨을 뿐인데 내 삶이 더 나아진 것만 같았다.

반면 한철 잘 썼지만 지금은 쓰지 않는 레이스 키튼, 인테리어 콘셉트였던 사랑스러움과는 거리가 있던 검은색 선반, 취향이 변하면서 애물단지가 된 라탄 소재 소품들, 사고 보니 타 브랜드 모조품이었던 조명은 실패한 소비였다. 자취를 시작할 무렵에는 쇼핑에 성공하기보다 실패할 때가 많았는데, 이제는 취향의 데이터가 어느 정도 쌓였는지 거의 성공적이다. 어쩌면 예전보다 고심하면서 물건을 들이기 때문에 실패가 줄었는지도 모르겠다. 물건을 집에 들이면 관리하고 관심을 가져야 하기에 걱정도 함께 들어온다. 이제는 긴 시간 고민해 보고 오래 함께하고 싶은 것들만 집에 들이고 있다.

집에 관심을 가질수록 유행에서 멀어지고 싶다는 생각도 확고해진다. 지금은 가구나 소품을 제작해서 사용하고 있다. 보통 내가 디자인하고 수가 제작한다. 제품에서 우리의 취향과 고민이 묻어나니 더 애정이 갈 수밖에 없다. 세상에 하나

뿐인 제품들로 방을 꾸미다 보니 집에서도 우리만의 색깔이 드러난다.

　콘셉트에 맞는 가구와 소품을 준비하고 나면 부피가 큰 가구부터 배치한다. 가구를 놓기 전에는 먼저 나의 생활 패턴을 고려하는 편이다. 해가 드는 자리에서 식사하는 걸 좋아해서 식탁은 주로 창가에 배치하고, 침대에서 책을 읽을 때가 많아서 책장을 침실에 둔다. 가구 배치 작업은 단번에 끝나지 않는다. 살아 보며 불편함이 느껴지거나 새로운 변화가 필요할 때면 가구를 옮기기도 하며 최적의 위치를 찾아간다.

　가구가 배치되면 조금 더 세세하게 살펴보며 소품들을 배치하고 집을 꾸며 본다. 나는 책상 앞에 좋아하는 엽서 몇 장을 붙여 놓는 수준의 간단한 데코레이션만 하는 편이다. 그 이상 채워서 여백이 없으면 갑갑하게 느껴진다. 대신 보기만 해도 기분 좋아지는 나만의 '힐링존'을 한 군데 정도 만들어 둔다. 지금 내 방에는 '토토로존'이 있다. 선반 위에 지금까지 모아 둔 토토로 인형, 피규어, 시계, 오르골을 올려 두었다. 이 공간은 여백 있는 내 방에 귀여운 포인트가 되어 준다.

　의도한 건 아니지만 책도 인테리어의 한 부분이 되었다. 도서관에서 책을 잔뜩 빌려 오는 것도, 좋아하는 책을 사서 밑줄을 그으며 읽는 것도 좋아해서 내 주변에는 항상 책이 있다. 책을 적게 소장하려고 책장도 일부러 작게 만들었는

데, 갈수록 책이 늘어나다 보니 책장과 책상 위에 쌓여 있다. 그런 모습이 지저분해 보일 때도 있지만, 또 가끔은 멋스럽게 느껴진다.

공간이 어느 정도 완성되면 싱그러운 생기를 주는 초록 식물들을 배치한다. 여러 식물을 키워 본 결과 나에게 가장 잘 맞는 식물은 행잉 플랜트였다. 아직 한 번도 벌레가 생긴 적이 없고 무탈하게 잘 자라 주기 때문이다. 우리 집에서 가장 오래된 식물도 행잉 플랜트인 디시디아 그린이다. 창가에는 호야 안젤리나, 디시디아 필리핀, 디시디아 버튼을 걸어 두었다.

식물을 키우며 알게 된 사실은 햇빛이나 물만큼이나 중요한 게 통풍이라는 점이다. 평소 창을 활짝 열어 맞바람이 불도록 하니 식물이 잘 자라 주는 것 같다. 이번 봄에는 디시디아 필리핀에 보라색 꽃이, 디시디아 버튼에 흰 꽃이 피어났다. 잘해 준 것도 없는데 꽃을 보여 주니 얼마나 기특하던지. 식물을 키우는 기쁨도 조금씩 배워 가고 있다. 내 성향과 취향이 반영된 우리 집의 키워드는 어느새 원목, 지브리, 자연, 책, 고양이가 되었다.

누구나 집을 꾸미고 사진을 찍어 공유하는 시대이다 보니 예쁜 집 사진은 얼마든지 찾을 수 있다. 제품 정보까지 쉽게 알 수 있으니 참고하면 집을 예쁘게 꾸미는 것도 어려운 일은 아니다. 하지만 예쁜 집과 나를 닮은 집은 조금 다르다. 나를 닮은 집은 다른 사람을 흉내 내서 만들 수 없고, 나와의 대화를 통해서만 완성할 수 있기 때문이다.

지금껏 내가 살 집을 가꾸며 느낀 것도 무엇보다 '나를 아는 일'이 중요하다는 것이다. 가끔 내가 좋아하는 물건들이 취향껏 배치된 방을 보면 더 이상 바랄 게 없다는 생각이 들 정도로 꽉 찬 행복이 느껴진다. 앞으로도 다른 것보다 '공간에서 행복하게 웃음 짓는 내 모습'을 한 번 더 떠올려 보며 집을 가꿔 나갈 생각이다.

─── 정갈하게
다듬는 생활

내가 머무는 공간이 아름답길 바라지만, 아름다운 집에 산다는 건 내가 생각하는 멋진 삶의 모습 중 하나일 뿐이다. 집을 예쁘게 꾸미는 것보다 생활을 다듬는 데 더 관심이 많다. 그러니까 나는 생활을 다듬는 데 관심이 많기 때문에 집을 예쁘게 꾸미고 싶은 것이다. 생활을 다듬는다는 건 나의 일상을 조금 더 정성 들여 매만진다는 의미다. 단정한 잠옷을 입고, 반찬을 그릇에 덜어 먹고, 5분이라도 창을 열어 집 안을 환기하고, 나를 닮은 집에서 활기차게 생활하고 싶다.

생활을 다듬고 싶다는 생각은 다이어트를 하며 생겨났다. 나의 첫 다이어트는 마른 체구의 연예인 사진을 벽에 붙여 놓고 결의를 다지는 것으로 시작했다. 적게 먹어야 살이 빠지는 줄로만 알고 굶듯이 살며 매일 줄넘기를 했다. 한 달간 그렇게 노력했는데도 겨우 2kg 정도 빠졌다. 목표했던 몸무게에 도달하지 못한 건 아쉬웠지만 예상에 없던 수확이 있었다. 스스로를 돌보는 데서 오는 행복을 느낀 것이다. 소식을 하니 몸이 가벼웠고 운동을 하니 상쾌했다. 아침에 일어날 때 피로감 없이 개운한 기분도 좋았다. 무엇보다 스스로를 관리하는 사람이라고 여기게 된 점이 고무적이었다.

그때부터 다이어트라는 단어를 지웠다. 그저 내 생활을 다듬으며 살자고 마음을 고쳐먹었다. 다이어트라고 생각하면 참는다는 감정이 주체가 되어 나를 괴롭혔지만, 생활을 정갈하게 다듬는 중이라고 생각하면 내가 주체가 되어 스스로를 돌본다는 만족감이 차올랐다.

그런 만족감을 느껴 봤기에 자취를 하면서도 생활을 정갈히 하는 데 집중했다. 자립한 내 모습이 지질하기보다 멋지길 바랐던 것 같다. 세상은 나에게 관심이 없었지만, 나 혼자 세상에 뭔가 보여 주고 싶은 마음도 있었다.

'봐, 난 내 앞가림을 이렇게나 잘하는 사람이라고.'

그때 나는 좋은 식재료를 골라 요리하고, 매일 청소를 했다. 예쁜 잠옷을 여러 벌 사서 옷장에 채워 두고, 수건을 모두 흰색으로 맞춰서 서랍장에 넣어 두었다. 평범한 날에도 의미를 부여해서 파티를 열고, 머리를 굴려 인테리어를 바꿔 보기도 했다. 특별한 날이 정해져 있는 게 아니라, 내가 특별한 날을 만들어 간다는 마음으로. 매일 작은 행복을 만드는 기쁨을 느꼈다. 그때는 몰랐지만, 이제 와 생각해 보니 내가 했던 행동들 모두 나 자신을 사랑하는 일이었다.

'나를 사랑하려면 나를 있는 그대로 인정해야 한다고? 아, 그건 너무 어렵잖아.'

그렇게 생각했는데, 내 생활을 다듬는 일도 나를 사랑해 주는 일이었다니. 제철 음식을 챙겨 먹고, 내가 머무를 집 안을 청소하고, 침구를 자주 교체하고, 모처럼 장만한 귀여운 소품을 어디에 배치할까 고민해 보는 그런 작은 일들이 결국

행복해지기 위한 노력이자 나를 사랑하는 방법이었다.

그걸 깨달은 지금의 나는 나와 내 일상을 뒷전에 두지 않으려고 노력한다. 급한 일을 처리하는 것도 중요하지만 잠깐 기지개를 켜고 어깨가 굽지 않도록 하는 일이 더 중요하다고 스스로에게 말해 준다. 충분한 시간 동안 질 좋은 수면을 취하는 일은 더 중요하다고, 무리하지 말라고 스스로에게 말해 준다. 가족인 리아의 건강을 위해 장난감을 흔들어 주는 일은 더 중요하다고 스스로에게 말해 준다.

급한 일과 중요한 일을 혼동하지 않으려고 노력한다. 중요한 건 나와 내가 사랑하는 사람들의 행복이라는 걸, 우리가 행복하려면 소중한 일상을 윤이 나게 관리해야 한다는 걸 이제는 안다.

생활을 정갈하게 다듬는 일은 결코 쉽지 않다. 부단한 노력이 없다면 금방 무너지고 마니까. 나는 매번 정갈하게 살기 위해 노력하지만, 쉽게 약해지기도 하는 사람이다. 야식 앞에 무너지고 바쁘다는 핑계로 집에 먼지가 쌓여 갈 때도 있다. 그래서 생활을 다듬는 데 더 관심이 많은 것인지도 모르겠다. 물 흐르듯 정갈하게 생활하는 날이 올 때까지 노력해야지. 내 행복은 내가 만든다는 마음으로.

나의 하루는
이렇게 흘러갑니다

매일 아침, 잠에서 깨서 핸드폰을 찾느라 부시럭 거리면 캣폴 위에서 자고 있던 리아가 달려온다. 우리는 각자의 자리에서 잠들고, 아침에 일어나자마자 반갑게 얼굴을 부빈다. 자는 동안 잠깐 못 봤을 뿐인데 리아의 아침 인사는 늘 격하다. 내 얼굴에 온몸을 비비고 엉덩이를 두들기라며 들이댄다. 그럼 나는 리아 뱃살에 코를 갖다 댄다. 자다 깬 털뭉치 특유의 포근하고 따뜻한 잠 냄새부터 맡은 후 엉덩이를 톡톡 두드려 준다.

우리만의 아침 인사가 끝나고 나면 리아가 책상 위에 올라가 창문을 열어 달라고 운다. 밤사이 닫아 둔 창 너머 세상이 궁금했을 리아를 위해 잽싸게 일어나 창을 열고 그날의 날씨를 살핀다. 제주에 살기 전에는 하루에 10분 이상 환기를 하려고 노력했다. 지금은 너무 춥거나 더운 날이 아니라면 해가 질 때까지 창문을 열어 두며 그날의 날씨를 즐긴다. 집 안의 공기가 정체되어 있지 않으니 기분이 한결 좋다.

물을 한 잔 마시고 머리를 질끈 묶은 후 가장 먼저 하는 일은 침구 정리. 테이프 클리너를 들고 침대 여기저기 떨어진 먼지와 머리카락, 리아 털을 잡아 뗀다. 그 후 거실로 나가 청소기로 바닥을 밀고 세탁기를 돌려 놓는다. 리아 전용 화장실을 청소하는 것도 잊지 않는다.

아침에 잠깐이라도 집을 정돈하는 건 오래된 습관이다. 대학생일 때는 등교하느라, 직장인일 때는 출근하느라 아침에 시간을 내기 어려웠지만 5분 정도 투자해서 간단히 청소를 하고 외출했다. 몇 시간 후 집에 돌아올 나를 행복하게 만들어 주고 싶었기 때문이다. 방전된 상태로 집에 돌아왔을 때 말끔한 집이 맞아 주면 '역시 집이 제일 좋다'는 말이 저절로 나왔다. 집에 있는 시간이 많아진 지금도 주변 정리가 되어 있지 않으면 집중력이 떨어지기에 잠에서 깨면 간단히 청소를 하는 편이다.

아침에 짬을 내서 청소를 한다고 하면 깔끔하고 부지런한 사람처럼 보일 수도 있지만, 오히려 너무 깔끔한 걸 부담스러워하는 편이다. 집이 살짝 어질러져 있어야 마음이 조금 더 편하달까? 그 '살짝'의 기준은 나만 알 수 있다. 신었던 양말은 빨래 통에 들어가 있어야 하지만 읽던 책이 널브러져 있는 건 상관없는 그런 것. 책상 위 물건들이 각 잡혀 배치되어 있는 것보다 자연스럽게 놓여 있고 펜이 좀 굴러다니는 게 취향이라면 취향이다.

옷장도 비슷한 느낌으로 자유분방하다. 다른 집안일들도 다 수고스럽지만 옷을 개는 건 왠지 더 귀찮다. 알아서 빨래를 해 주고 건조된 옷을 각 잡아 개어 주는 기계가 있었으면 할 정도이다. 그래서 옷 개는 데 시간을 많이 들이지 않는 편이다. 각 잡아 곱게 갠 옷을 꽉 채우는 대신 옷 가짓수를 줄이기로 했다. 그렇게 하니 옷을 대충 개어 넣어도 눈에 잘 띈다.

간단한 집 정리가 끝나면 점심을 준비한다. 메뉴는 매번 달라지지만 오늘은 삶은 달걀, 체리, 살구를 준비했다. 얼마 전까지는 사과에 땅콩버터를 곁들여 먹었고, 지중해식 샐러드를 만들어 먹기도 했다. 커피를 마시기 위해 전기 포트에 물을 끓이면 침대에 누워 있던 리아가 주방으로 달려와 대차게 울어 댄다. 리아는 물 끓는 소리가 나면 내가 밥을 먹는다는 걸 정확히 알고 있다. 그 소리가 꼭 "내 밥 먼저 달라냥!" 하는 것 같아 귀엽다.

물이 끓는 동안 리아가 먹을 밥을 챙기고 물그릇의 물을 갈아 준다. 밥을 기다리는 리아의 얼굴이 예뻐서 머리를 한 번 쓰다듬고 엉덩이를 세 번 톡톡톡 두드려 준다. 리아가 사료를 오독오독 씹는 소리를 들으며 준비한 메뉴와 커피를 가지고 책상으로 간다.

나의 하루는 주로 책상 앞에서 흘러간다. 자리에 앉아서 커피가 적당히 식을 동안 창밖을 멍하니 바라본다. 장마철이라 매일 습하고 꿉꿉한 날들이 이어지고 있다. 오늘도 아침부터 비가 내려 마을에 안개가 자욱하다. 빗방울이 나무에 떨어지는 소리를 들으며 고요한 시간을 갖다 보니 듣고 싶은 노래가 불현듯 떠올랐다. 빗소리와 잘 어우러질 것 같은 류이치 사카모토(Ryuichi Sakamoto)의 피아노 연주곡 〈Merry Christmas mr. Lawrence〉를 골라 듣는다. 블루투

스 스피커를 연결해 볼륨을 가장 작게 해 두니 생각에 방해되지 않을 정도의 잔잔한 소음이 만들어졌다.

적당히 식은 커피를 한 모금 마시고 책상 위에 놓인 일기장부터 편다. 일기는 주로 저녁에 쓰는 편이지만, 가끔 건너뛴 날에는 다음 날 아침에 일기를 쓴다. 아침에 쓰는 일기는 오늘 할 일을 하기 전 마음의 준비 운동이 되어 준다.

이렇게 다소 긴 준비를 거치고 드디어 할 일을 시작한다. 오늘은 원고를 쓰는 일이 가장 급해서 키보드를 두드리고 있다. 제삼자의 눈으로 지금의 나를 바라보면 어떤 모습일까? 키보드를 두드리다가 잠시 창밖을 보다가 과일을 포크로 찍어 먹는 모습이. 하는 일에 몰입하다가도 가끔 유체이탈해서 내 모습을 바라보게 된다. 그때마다 굽어 있는 어깨를 펴거나 목을 돌리며 스트레칭을 한다.

글을 쓰는 내내 글만 쓰지는 않는다. 리아가 놀아 달라고 울면 장난감을 흔들어 주기도 하고, 화장실 가는 길에 눈에 들어온 집안일을 하기도 한다. 가장 많이 하는 일은 사진 촬영이다. 집에 있다 보면 순간을 잡아 두고 싶다는 생각이 들 때가 있다. 그때마다 벌떡 일어나 방의 모습을 촬영해 둔다. 오늘은 시폰 커튼이 바람에 날리는 모습과 천둥 번개가 치고 빗줄기가 굵어진 순간의 극적인 모습을 담아 두었다.

종일 열려 있던 창은 그날의 노을빛을 확인한 후에야 닫힌다. 오늘은 구름이 잔뜩 껴 있어서 노을을 보지 못했다. 하늘이 투명할 정도로 푸르게 빛나다가 어두워지는 걸 물끄러미 바라보다 창문을 닫았다. 창문을 닫는 건 나름의 퇴근 의식이다.

퇴근하면 바로 침대에 뛰어들어 뒹굴거린다. 이때쯤 퇴근하는 수와 통화를 하며 저녁 메뉴를 상의한다. 최근에는 양배추를 볶다가 기름 뺀 통조림 참치를 넣고 굴소스와 간장으로 양념을 해서 먹는 양배추 참치 덮밥을 자주 해 먹었다. 밥 대신 순두부를 넣어 먹어도 맛있다. 찜기에 청경채, 숙주, 알배추, 버섯 같은 채소를 넣어서 찌고 데친 두부까지 준비해 간장 소스에 찍어 먹는 채소찜을 해 먹기도 했다.

요즘은 더워서 불 앞에 서고 싶지가 않다. 단골 초밥집에서 구운 연어 초밥을 포장해 오거나 좋아하는 즉석떡볶이를 사 와서 먹는 날이 많아졌다. 오늘 저녁 메뉴는 구운 연어초밥과 시원한 맥주. 나는 맥주파, 수는 소주파라 각자의 잔에 술을 담아 '짠'을 외친다. 식사할 때는 많은 이야기가 오고 간다. 지금의 고민이나 하루 동안 있었던 일을 나누다 보면 한두 시간이 훌쩍 지나간다.

식사를 마치고 식탁을 닦고 나면 수는 설거지를 하고, 나는 낮에 촬영해 둔 영상을 인스타그램에 기록한다. 벌써 7년째 방을 기록하고 있다. 주로 집 사진을 올리고 있지만, 인테리어 팁이나 집의 예쁜 모습을 보여 주고 싶은 건 아니다. 내

가 정말 공유하고 싶은 건 방에서 느낀 감정이나 그날의 분위기이다. 보는 사람들도 내가 느낀 평화를 느끼길 바라는 마음으로 공유 버튼을 누른다.

이제 여름밤의 소소한 행복을 누릴 시간이다. 따뜻한 물로 샤워를 하고 나와 시원한 선풍기 바람에 머리를 말리고, 작게 썰어 냉장고 안쪽에 넣어 둔 수박을 꺼내 먹으면서 일기 쓰는 행복을 촘촘히 누린다. 오늘은 일기를 쓰며 늘을 노래로 여행스케치의 〈별이 진다네〉를 선곡했다. 이 노래가 흘러나오면 나의 여름밤이 낭만으로 가득 찬다. 일기장에 글을 적어 내려 가다 보면 나의 하루가 많은 사람이 추구하는 '갓생'과는 거리가 멀다는 걸 알게 되지만, 부끄럽지 않다. 내가 이렇게 평범하고 무탈한 하루를 얼마나 꿈꿔 왔던가. 마음속에 감사를 품고 있기에, 잔물결 같은 행복이 은은히 스며든다. 내일은 잊지 말고 분리 배출을 해야겠다고 생각하며, 일기장을 덮고 별걱정 없이 이불을 덮는다.

봄 | 창밖으로 보이는 나무에 연두색 잎이 자라나고, 집
앞에 유채꽃과 갯무꽃이 피어나는 아름다운 계절,
봄. 봄이 오면 시원하게 대청소한 후 봄맞이 집
단장을 하고 싶어진다. 가구를 바꾸기는 어려우니
가장 화사한 침구를 꺼내 분위기를 전환하곤 한다.
봄에는 노을이 방 안까지 깊게 들어온다. 우리
집이 가장 아름다운 시간은 봄의 해 질 녘인지도
모르겠다. 낮에는 동네 여기저기 피어난 꽃을
구경하느라 바쁘고, 해 질 무렵이면 아름다운 집을
구경하느라 바쁜 계절이다.

여름 | 여름은 내가 가장 좋아하는 계절이다. 시력을
되찾은 것처럼 세상 모든 풍경이 선명해지는
아름다운 계절이니 좋아할 수밖에. 봄에 여린
연둣빛을 띠던 나뭇잎들의 색깔이 점점 짙어지고,
세상이 초록색으로 가득해지는 걸 지켜보는 일이
좋다. 여름에는 긴 장마가 있고 습해서 꿉꿉하다.
다행히 나는 비 오는 걸 좋아해서 장마도 잘 견디고,
몸이 건조해서 높은 습도까지 잘 견딘다. 역시
제주와 나는 천생연분.

가을

제주에 살며 가장 느끼기 힘든 계절이 가을이다.
서귀포에 살다 보니 단풍을 볼 일이 거의 없기
때문이다. 풍경만 보면 여름과 비슷하지만 그래도
가을은 가을인가 보다. 가을 낮의 맑은 하늘과
두둥실 떠다니는 구름에 마음이 설렌다. 낮 동안
내내 하늘만 봐도 지루하지가 않아서 가장 많이 멍
때리게 되는 계절이다.

겨울

육지에 살 때는 나뭇가지가 앙상해지는 겨울이
싫어서 내게는 사계절이 아니라 '삼계절'만 있다고
외치곤 했는데, 제주에 와서 겨울을 선물받았다.
제주에는 귤나무나 삼나무처럼 늘푸른나무가
많아서 겨울에도 삭막하지 않으니까. 이제는 창밖
귤나무에 주홍빛 귤이 달려 있고, 따뜻한 차를
마시며 초록 숲에 눈 내리는 풍경을 감상할 수 있는
겨울을 참 좋아한다.

취향껏 살고 있습니다

초판 1쇄   2024년 9월 12일

지은이   지은

발행인   유철상
기획·편집 김정민
편집   김수현
디자인   노세희, 주인지
마케팅   조종삼, 김소희
콘텐츠   강한나

펴낸곳   상상출판
출판등록 2009년 9월 22일(제305-2010-02호)
주소   서울특별시 성동구 뚝섬로17가길 48, 성수에이원센터 1205호(성수동2가)
전화   02-963-9891(편집), 070-7727-6853(마케팅)
팩스   02-963-9892
전자우편 sangsang9892@gmail.com
홈페이지 www.esangsang.co.kr
블로그   blog.naver.com/sangsang_pub
인쇄   다라니
종이   ㈜월드페이퍼

ISBN 979-11-6782-208-6(03810)
©2024 지은